Espaces littéraires

Le bal

Irène Némirovsky

Cornelsen

Espaces littéraires | Le bal
Irène Némirovsky

Herausgeber: Otto-Michael Blume
Vokabelannotationen und Aufgaben: Pia Keßler
Verlagsredaktion: Julia Goltz
Umschlaggestaltung: werkstatt für gebrauchsgrafik, Berlin
Layout und technische Umsetzung: Anna Bakalović & Annika Preyhs, Berlin
Umschlagfoto: © Corbis/Grand Tour

Verwendete Abkürzungen

adj.	adjectif	loc.	locution	qc	quelque chose	jmd.	jemand
adv.	adverbe	m.	masculin	qn	quelqu'un	jdm.	jemandem
f.	féminin	mus.	musical	vulg.	vulgaire	jdn.	jemanden
fam.	familier	péj.	péjoratif	vx.	vieux	etw.	etwas
lit.	littéraire	pl.	pluriel				

www.cornelsen.de

1. Auflage, 7. Druck 2024

Alle Drucke dieser Auflage sind inhaltlich unverändert
und können im Unterricht nebeneinander verwendet werden.

Druck: H. Heenemann, Berlin

ISBN 978-3-464-20318-7

PEFC/04-31-1156

PEFC zertifiziert
Dieses Produkt stammt aus nachhaltig bewirtschafteten Wäldern und kontrollierten Quellen.

www.pefc.de

Le bal

Annexe

I

Mme Kampf entra dans la salle d'études en fermant si brusquement la porte derrière elle que le lustre[1] de cristal sonna, de toutes ses pendeloques[2] agitées par le courant d'air, avec un bruit pur et léger de grelot[3]. Mais Antoinette n'avait pas cessé de lire, courbée[4] si bas sur son pupitre, qu'elle touchait la page des cheveux. Sa mère la considéra un moment sans parler ; puis elle vint se planter devant elle, les mains croisées sur sa poitrine.

— Tu pourrais, lui cria-t-elle, te déranger quand tu vois ta mère, mon enfant. Non ? Tu as le derrière collé sur ta chaise ? Comme c'est distingué[5]… Où est miss Betty ?

Dans la pièce voisine, le bruit d'une machine à coudre[6] rythmait une chanson, un *What shall I do, what shall I do when you'll be gone away*… roucoulé[7] d'une voix malhabile et fraîche.

— Miss, appela Mme Kampf, venez ici.

— Yes, Mrs Kampf.

La petite Anglaise, les joues rouges, les yeux effarés[8] et doux, un chignon[9] couleur de miel roulé autour de sa petite tête ronde, se glissa par la porte entrebâillée[10].

1 le lustre: Kronleuchter
2 la pendeloque: Gehänge (pendre)
3 le grelot: une petite sonnette
4 courbé/e *adj.*: gebeugt
5 distingué/e *adj.*: vornehm
6 coudre: nähen
7 roucouler: gurren
8 effaré/e *adj.*: étonné/e *adj.*
9 le chignon: (Haar)Knoten
10 entrebaillé/e *adj.*: mi-ouvert/e *adj.*

— Je vous ai engagée, commença sévèrement Mme Kampf, pour surveiller et instruire[1] ma fille, n'est-ce pas ? et non pour vous coudre des robes... Est-ce qu'Antoinette ne sait pas qu'on se lève quand maman entre ?

— Oh ! Anntoinette, how can you ? dit Miss avec une sorte de gazouillement[2] attristé[3].

Antoinette se tenait debout à présent et se balançait gauchement[4] sur une jambe. C'était une longue et plate[5] fillette de quatorze ans, avec la figure[6] pâle[7] de cet âge, si réduite de chair[8] qu'elle apparaît, aux yeux des grandes personnes, comme une tache ronde et claire, sans traits, des paupières[9] baissées, cernées[10], une petite bouche close... Quatorze ans, les seins[11] qui poussent sous la robe étroite d'écolière, et qui blessent et gênent[12] le corps faible, enfantin... les grands pieds et ces longues flûtes[13] avec des mains rouges au bout, des doigts tachés d'encre[14], et qui deviendront un jour les plus beaux bras du monde, qui sait ?... une nuque[15] fragile, des cheveux courts, sans couleur, secs et légers...

— Tu comprends, Antoinette, que c'est à désespérer[16] de tes manières à la fin, ma pauvre fille... Assieds-toi. Je vais

1 instruire: enseigner
2 le gazouillement: Zwitschern
3 attristé/e *adj.*: triste *m./f. adj.*
4 gauchement *adv.*: ungeschickt
5 plat/e *adj.*: farblos, fad
6 la figure: le visage
7 pâle *m./f. adj.*: blanc/blanche *adj.*
8 réduit/e *adj.* de chair *f.*: maigre *m./f. adj.*
9 la paupière: Lid
10 avoir les yeux cernés: Ringe um die Augen haben
11 le sein: Busen
12 gêner: stören
13 les flûtes *f.pl.*: *ici* les bras *m.pl.*
14 l'encre *f.*: Tinte
15 la nuque: Nacken
16 désespérer: verzweifeln

entrer encore une fois, et tu me feras le plaisir de te lever immédiatement, tu entends ?

Mme Kampf recula[1] de quelques pas et ouvrit une seconde fois la porte. Antoinette se dressa[2] avec lenteur et une si évidente mauvaise grâce[3] que sa mère demanda vivement en serrant[4] les lèvres d'un air de menace[5] :

— Ça vous gêne, par hasard, mademoiselle ?

— Non, maman, dit Antoinette à voix basse.

— Alors, pourquoi fais-tu cette figure ?

Antoinette sourit avec une sorte d'effort lâche et pénible qui déformait douloureusement ses traits. Par moments, elle haïssait[6] tellement les grandes personnes qu'elle aurait voulu les tuer[7], les défigurer[8], ou bien crier : « Non, tu m'embêtes[9] », en frappant du pied[10] ; mais elle redoutait[11] ses parents depuis sa toute petite enfance. Autrefois, quand Antoinette était plus petite, sa mère l'avait prise souvent sur ses genoux[12], contre son cœur[13], caressée[14] et embrassée[15]. Mais cela Antoinette l'avait oublié. Tandis qu'elle avait gardé au plus profond d'elle-même le son, les éclats d'une voix irritée[16] passant par-dessus sa tête, « cette petite qui

1 reculer: aller en arrière
2 se dresser: se lever
3 de mauvaise grâce: widerwillig
4 serrer les lèvres *f.pl.*: die Lippen zusammenpressen
5 la menace: Drohung
6 haïr: hassen
7 tuer: töten
8 défigurer: verunstalten
9 embêter qn: *fam.* gêner qn
10 frapper du pied: aufstampfen
11 redouter qn: avoir peur de qn/qc
12 le genou: Knie
13 le cœur: Herz
14 caresser: streicheln
15 embrasser: küssen
16 d'une voix irritée: mit erregter Stimme

est toujours dans mes jambes[1]... », « tu as encore taché ma robe avec tes sales souliers[2] ! file au coin[3], ça t'apprendra[4], tu m'as entendue ? petite imbécile[5] ! » et un jour... pour la première fois, ce jour-là elle avait désiré mourir... au coin d'une rue, pendant une scène, cette phrase emportée, criée si fort que des passants s'étaient retournés : « Tu veux une gifle ? Oui ? » et la brûlure d'un soufflet[6]... En pleine rue... Elle avait onze ans, elle était grande pour son âge... Les passants, les grandes personnes, cela, ce n'était rien... Mais, au même instant, des garçons sortaient de l'école et ils avaient ri en la regardant : « Eh bien, ma vieille... » Oh ! ce ricanement[7] qui la poursuivait[8] tandis qu'elle marchait, la tête baissée, dans la rue noire d'automne... les lumières dansaient à travers ses larmes. « Tu n'as pas fini de pleurnicher[9] ?... Oh, quel caractère !... Quand je te corrige[10], c'est pour ton bien, n'est-ce pas ? Ah ! et puis, ne recommence pas à m'énerver[11], je te conseille... » Sales[12] gens... Et maintenant, encore, c'était exprès pour la tourmenter[13], la torturer[14], l'humilier[15], que, du matin au soir, on s'acharnait[16] : « Comment est-ce que tu tiens ta fourchette[17] ? » (devant

1 être dans les jambes de qn: jdm. im Weg sein
2 le soulier: la chaussure
3 filer au coin: sich in die Ecke stellen
4 cela t'apprendra: das wird dir eine Lehre sein
5 l'imbécile *m./f.*: l'idiot/e *m./f.*
6 le soufflet: *litt.* Ohrfeige
7 le ricanement: hämisches Grinsen
8 poursuivre: verfolgen
9 pleurnicher: *fam.* pleurer
10 corriger qn: *ici* battre, schlagen
11 énerver: dégoûter
12 sale *m./f. adj.*: *hier* widerlich, gemein
13 tourmenter qn: jdn. quälen
14 torturer qn: jdn. foltern
15 humilier qn: jdn. demütigen
16 s'acharner: se donner de la peine
17 la fourchette: Gabel

le domestique, mon Dieu) et « tiens-toi droite[1]. Au moins, n'aie pas l'air d'être bossue[2]. » Elle avait quatorze ans, elle était une jeune fille, et, dans ses rêves, une femme aimée et belle... Des hommes la caressaient, l'admiraient, comme André Sperelli[3] caresse Hélène et Marie, et Julien de Suberceaux[4], Maud de Rouvre dans les livres... L'amour... Elle tressaillit[5]. Mme Kampf achevait[6] :

— ... Et si tu crois que je te paie une Anglaise pour avoir des manières comme ça, tu te trompes, ma petite...

Plus bas, tandis qu'elle relevait une mèche[7] qui barrait le front[8] de sa fille :

— Tu oublies toujours que nous sommes riches, à présent[9], Antoinette..., dit-elle.

Elle se tourna vers l'Anglaise :

— Miss, j'aurai beaucoup de commissions[10] pour vous cette semaine... je donne un bal le 15...

— Un bal, murmura Antoinette en ouvrant de grands yeux.

— Mais oui, dit Mme Kampf en souriant, un bal...

Elle regarda Antoinette avec une expression d'orgueil[11], puis elle désigna[12] l'Anglaise à la dérobée[13] d'un froncement de sourcils[14].

— Tu ne lui as rien dit, au moins ?

1 se tenir droit/e *adj.*: sich gerade halten
2 être bossu/e *adj.*: einen Buckel haben
3 André Sperelli: personnage d'un roman d'amour de D'Annunzio
4 J. de Suberceaux: personnage d'un roman d'amour de M. Prévost
5 tressaillir: (er)zittern
6 achever: terminer
7 la mèche: Haarsträhne
8 barrer le front de qn: in die Stirn fallen
9 à présent: maintenant
10 la commission: qc à faire, le devoir
11 l'orgueil *m.*: Stolz
12 désigner: montrer
13 à la dérobée: verstohlen, heimlich
14 le froncement de sourcils: Stirnrunzeln

— Non, maman, non, dit vivement Antoinette.

Elle connaissait cette préoccupation constante de sa mère. Au commencement – il y avait deux ans de cela – quand ils avaient quitté la vieille rue Favart après le génial coup de bourse[1] d'Alfred Kampf, sur la baisse du franc d'abord et de la livre[2] ensuite en 1926, qui leur avait donné la richesse, tous les matins, Antoinette était appelée dans la chambre de ses parents ; sa mère, encore au lit, polissait ses ongles[3] ; dans le cabinet de toilette voisin, son père, un sec petit Juif aux yeux de feu, se rasait, se lavait, s'habillait avec cette rapidité folle de tous ses gestes, qui l'avait fait surnommer[4] autrefois « Feuer » par ses camarades, les Juifs allemands, à la Bourse. Il avait piétiné[5] là, sur ces grandes marches[6] de la Bourse, pendant des années... Antoinette savait qu'auparavant, il avait été employé à la Banque de Paris, et plus loin encore dans le passé, petit chasseur[7] à la porte de la banque, en livrée bleue... Un peu avant la naissance d'Antoinette, il avait épousé sa maîtresse, Mlle Rosine, la dactylo[8] du patron. Pendant onze ans, ils avaient habité un petit appartement noir, derrière l'Opéra-Comique. Antoinette se rappelait comme elle recopiait[9] ses devoirs, le soir, sur la table de la salle à manger, tandis que la bonne lavait la vaisselle avec fracas[10] dans la cuisine et que Mme Kampf lisait des romans, accoudée[11] sous la lampe,

1 le coup de bourse: Börsenstreich
2 la livre: Pfund
3 l'ongle *m.*: (Finger)Nagel
4 surnommer qn/qc: donner un nom à qn/qc
5 piétiner: rester à un endroit
6 la marche: Treppenstufe
7 le chasseur: *hier* Page, Boy
8 la dactylo(graphe): le/la secrétaire
9 recopier: écrire
10 le fracas: un grand bruit
11 s'accouder: sich aufstützen

une grosse suspension[1] avec un globe[2] de verre dépoli où brillait le jet[3] vif du gaz. Quelquefois, Mme Kampf poussait un profond soupir irrité[4], si fort et si brusque, qu'il faisait sauter Antoinette sur sa chaise. Kampf demandait : « Qu'est-ce que tu as encore ? » et Rosine répondait : « Ça me fait mal au cœur de penser comme il y a des gens qui vivent bien, qui sont heureux, tandis que moi, je passe les meilleures années de ma vie dans ce sale trou[5] à ravauder[6] tes chaussettes… »

Kampf haussait les épaules sans rien dire. Alors, le plus souvent, Rosine se tournait vers Antoinette. « Et toi, qu'est-ce que tu as à écouter ? Ça te regarde[7] ce que disent les grandes personnes ? » criait-elle avec humeur[8]. Puis elle achevait : « Oui, va, ma fille, si tu attends que ton père fasse fortune[9] comme il le promet depuis que nous sommes mariés, tu peux attendre, il en passera de l'eau sous le pont[10]… Tu grandiras, et tu seras là, comme ta pauvre mère, à attendre… » Et quand elle disait ce mot « attendre », il passait sur ses traits durs, tendus[11], maussades[12], une certaine expression pathétique, profonde, qui remuait[13] Antoinette malgré elle[14] et la faisait souvent allonger[15], d'instinct, ses lèvres vers le visage maternel.

1 la suspension: une lampe qui pend
2 le globe: Kugel
3 le jet: Strahl
4 irrité/e *adj.*: erregt, gereizt
5 le trou: Loch
6 ravauder: flicken, stopfen
7 regarder qn: jdn. angehen, betreffen
8 avec humeur: de mauvaise humeur
9 faire fortune: gagner beaucoup d'argent
10 l'eau passe sous le pont: *loc.* beaucoup de temps passe
11 tendu/e *adj.*: angespannt
12 maussade *m./f. adj.*: de mauvaise humeur
13 remuer: toucher, attendrir
14 malgré elle: ohne dass sie es wollte
15 allonger: strecken

« Ma pauvre petite », disait Rosine en lui caressant le front. Mais, une fois, elle s'était exclamée[1] : « Ah ! laisse-moi tranquille, hein, tu m'ennuies ; ce que tu peux être embêtante[2], toi aussi… », et jamais plus Antoinette ne lui avait donné d'autres baisers que ceux du matin et du soir, que parents et enfants peuvent échanger sans y penser, comme les serrements de main[3] de deux inconnus.

Et puis, ils étaient devenus riches un beau jour, tout d'un coup, elle n'avait jamais bien pu comprendre comment. Ils étaient venus habiter un grand appartement blanc, et sa mère avait fait teindre[4] ses cheveux en un bel or tout neuf. Antoinette coulait un regard peureux[5] vers cette chevelure[6] flamboyante[7] qu'elle ne reconnaissait pas.

— Antoinette, commandait Mme Kampf, répète un peu. Qu'est-ce que tu réponds quand on te demande où nous habitions l'année dernière ?

— Tu es stupide, disait Kampf de la pièce voisine, qui veux-tu qui parle à la petite ? Elle ne connaît personne.

— Je sais ce que je dis, répondait Mme Kampf en haussant la voix : et les domestiques ?

— Si je la vois dire aux domestiques seulement un mot, elle aura affaire à moi, tu entends, Antoinette ? Elle sait qu'elle doit se taire et apprendre ses leçons, un point, c'est tout. On ne lui demande pas autre chose…

Et, se tournant vers sa femme :

— Ce n'est pas une imbécile, tu sais ?

Mais, dès qu'il était parti, Mme Kampf recommençait :

1 s'exclamer: crier
2 embêtant/e *adj.*: *fam.* idiot/e *adj.*
3 le serrement de main: Händedruck
4 teindre: colorer
5 peureux/-euse *adj.*: plein/e *adj.* de peur
6 la chevelure: les cheveux *m.pl.*
7 flamboyant/e *adj.*: comme du feu

— Si on te demande quelque chose, Antoinette, tu diras que nous habitions le Midi toute l'année... Tu n'as pas besoin de préciser si c'était Cannes ou Nice, dis seulement le Midi... à moins qu'on ne t'interroge ; alors, il vaut mieux dire Cannes, c'est plus distingué... Mais, naturellement, ton père a raison, il faut surtout te taire. Une petite fille doit parler le moins possible aux grandes personnes.

Et elle la renvoyait[1] d'un geste de son beau bras nu[2], un peu épaissi[3], où brillait le bracelet[4] de diamants que son mari venait de lui offrir et qu'elle ne quittait que dans son bain. Antoinette se souvenait vaguement[5] de tout cela, tandis que sa mère demandait à l'Anglaise :

— Est-ce qu'Antoinette a une belle écriture, au moins ?

— Yes, Mrs Kampf.

— Pourquoi ? demanda timidement Antoinette.

— Parce que, expliqua Mme Kampf, tu pourras m'aider ce soir à faire mes enveloppes[6]... Je lance[7] près de deux cents invitations, tu comprends ? Je ne m'en tirerais[8] pas toute seule... Miss Betty, j'autorise Antoinette à se coucher une heure plus tard que d'habitude aujourd'hui... Tu es contente, j'espère ? demanda-t-elle en se tournant vers sa fille.

Mais comme Antoinette se taisait, enfoncée[9] de nouveau dans ses songes[10], Mme Kampf haussa les épaules[11].

1 renvoyer: wegschicken
2 nu/e *adj.*: nackt
3 épais/se *adj.*: gros/se *adj.*
4 le bracelet: Armband
5 vaguement *adv.*: très peu
6 l'enveloppe *f.*: Briefumschlag
7 lancer: *ici* envoyer
8 s'en tirer: zurechtkommen, es schaffen
9 enfoncer: plonger
10 le songe: le rêve
11 hausser les épaules *f.pl.*: die Schultern hochziehen

— Elle est toujours dans la lune[1], cette petite, commenta-t-elle à mi-voix[2]. Un bal, ça ne te rend pas fière, non, de penser que tes parents donnent un bal ? Tu n'as pas beaucoup de cœur[3], je le crains, ma pauvre fille, acheva-t-elle avec un soupir, en s'en allant.

Sujets d'étude

1. Exposez brièvement les informations les plus importantes de ce premier chapitre.
2. Indiquez les raisons pour lesquelles Antoinette « haïssait les grandes personnes » (p. 7, l. 11–13) et les événements pour lesquels elle redoutait ses parents, surtout sa mère (p. 7, l. 14–15).
3. Opposez la manière de vivre des Kampf avant et après le coup de bourse d'Alfred Kampf.
4. Relevez et comparez les phrases typiques que dit la mère à sa fille de 14 ans et celles qu'elle disait quand Antoinette était petite.
5. Jugez l'éducation que Madame Kampf donne à sa fille.
6. Travaillez à deux. Racontez deux anecdotes de votre enfance (vous et votre père/mère):
un souvenir plutôt positif, un autre plutôt négatif.
7. Travaillez en groupe. Faites le portrait de la famille Kampf. Vous pouvez dessiner ou faire un collage. Présentez vos résultats.

1 être dans la lune: rêver
2 à mi-voix: à voix basse
3 ne pas avoir de cœur: ne pas être sensible

II

Ce soir-là, Antoinette, que l'Anglaise emmenait se coucher d'ordinaire sur le coup de[1] neuf heures, resta au salon avec ses parents. Elle y pénétrait si rarement qu'elle regarda avec attention les boiseries blanches et les meubles dorés, comme lorsqu'elle entrait dans une maison étrangère. Sa mère lui montra un petit guéridon[2] où il y avait de l'encre, des plumes[3] et un paquet de cartes et d'enveloppes.

— Assieds-toi là. Je vais te dicter les adresses. « Est-ce que vous venez, mon cher ami ? » dit-elle à voix haute en se tournant vers son mari, car le domestique desservait[4] dans la pièce voisine, et, devant lui, depuis plusieurs mois, les Kampf se disaient « vous ».

Quand M. Kampf se fut approché, Rosine chuchota[5] : « Dis donc, renvoie le larbin[6], veux-tu, il me gêne[7]... »

Puis, surprenant[8] le regard d'Antoinette, elle rougit et commanda vivement[9] :

— Allons Georges, est-ce que vous aurez bientôt fini ? Rangez ce qui reste et vous pouvez monter...

1 sur le coup de: gegen, ungefähr
2 le guéridon: une table ronde
3 la plume: Feder, Füller
4 desservir: (Geschirr) abräumen
5 chuchoter: parler à voix basse
6 le larbin: *fam. péj.* le serviteur
7 gêner: stören
8 surprendre: *ici* remarquer
9 vivement *adv.*: heftig

Ensuite, ils demeurèrent[1] silencieux, tous les trois, figés[2] sur leurs chaises. Quand le domestique fut parti, Mme Kampf poussa un soupir.

— Enfin, je le déteste, ce Georges, je ne sais pas pourquoi. Quand il sert à table et que je le sens derrière mon dos[3], il me coupe l'appétit[4]… Qu'est-ce que tu as à sourire bêtement, Antoinette ? Allons, travaillons. Tu as la liste des invités, Alfred ?

— Oui, dit Kampf ; mais attends que j'ôte[5] mon veston[6], j'ai chaud.

— Surtout, dit sa femme, n'oublie pas de ne pas le laisser traîner[7] ici comme l'autre fois… J'ai bien vu à la figure de Georges et de Lucie qu'ils trouvaient cela étrange qu'on se mette au salon en bras de chemise[8]…

— Je me fous[9] de l'opinion des domestiques, grommela[10] Kampf.

— Tu as bien tort[11], mon ami, ce sont eux qui font les réputations en allant d'une place à une autre et en bavardant… Je n'aurais jamais su que la baronne du troisième…

Elle baissa la voix et chuchota quelques mots qu'Antoinette ne put arriver, malgré ses efforts, à entendre.

— … sans Lucie qui a été chez elle pendant trois ans…

Kampf tira de sa poche une feuille de papier couverte de noms et toute raturée[12].

1 demeurer: rester
2 figé/e *adj.*: starr, erstarrt
3 le dos: Rücken
4 couper l'appétit à qn: jdm. den Appetit verderben
5 ôter: enlever
6 le veston: Jackett
7 traîner: herumliegen
8 en bras de chemise: hemdsärmelig
9 se foutre de qn: être égal à qn
10 grommeler: murmurer
11 avoir tort: ≠ avoir raison
12 raturer: durchstreichen

— Nous commençons par les gens que je connais, n'est-ce pas, Rosine ? Ecris, Antoinette. M. et Mme Banyuls. Je ne connais pas l'adresse, tu as l'annuaire[1] sous la main, tu chercheras à mesure[2]...

— Ils sont très riches, n'est-ce pas ? murmura Rosine avec respect.

— Très.

— Tu... crois qu'ils voudront bien venir ? Je ne connais pas Mme Banyuls.

— Moi non plus. Mais je suis avec le mari en relations d'affaires[3], ça suffit... il paraît que la femme est charmante, et puis on ne la reçoit pas beaucoup dans son monde, depuis qu'elle a été mêlée[4] dans cette affaire... tu sais, les fameuses partouzes[5] du bois de Boulogne, il y a deux ans...

— Alfred, voyons, la petite...

— Mais elle ne comprend pas. Ecris, Antoinette... C'est tout de même une femme très bien pour commencer...

— N'oublie pas les Ostier, dit vivement Rosine ; il paraît qu'ils donnent des fêtes splendides[6]...

— M. et Mme Ostier d'Arrachon, deux r, Antoinette... Ceux-là, ma chère, je ne réponds pas d'eux. Ils sont très collet monté[7], très... La femme a été dans le temps...

Il fit un geste.

— Non ?

— Si. Je connais quelqu'un qui l'a vue souvent autrefois[8] dans une maison close[9] à Marseille... si, si, je t'assure...

1 l'annuaire *m.*: Telefonbuch
2 à mesure: nach und nach
3 être en relations d'affaires: in Geschäftsverbindung stehen
4 être melé/e à qc: in etw. verwickelt sein
5 la partouze: Sexparty
6 splendide *m./f. adj.*: brillant, super
7 collet monté: förmlich, steif
8 autrefois *adv.*: früher
9 la maison close: le bordel

Mais il y a longtemps de ça, près de vingt ans ; son mariage l'a complètement décrassée[1], elle reçoit des gens très bien, et pour les relations elle est extrêmement exigeante[2]... En règle générale, au bout de dix ans, toutes les femmes qui ont beaucoup roulé[3] deviennent comme ça...

— Mon Dieu, soupira Mme Kampf, comme c'est difficile ...

— Il faut de la méthode, ma chère... Pour la première réception[4], du monde et encore du monde, le plus de gueules[5] que tu pourras... A la seconde ou à la troisième, seulement, on trie[6]... Il faut inviter à tour de bras[7] cette fois-ci...

— Mais si, au moins, on était sûr que tous viendront... S'il y a des gens qui refusent de venir, je crois que je mourrai de honte...

Kampf grimaça un rire silencieux.

— S'il y a des gens qui refusent de venir, tu les inviteras de nouveau la prochaine fois, et de nouveau encore la fois suivante... Veux-tu que je te dise ? Au fond, pour avancer dans le monde, il ne faut que suivre à la lettre la morale de l'Evangile...

— Quoi ?

— Si on te donne un soufflet, tends[8] l'autre joue[9]... Le monde, c'est la meilleure école de l'humilité[10] chrétienne[11].

1 décrasser: rendre propre
2 exigeant/e *adj.*: anspruchsvoll
3 rouler: *fam.* voyager
4 la réception: Empfang, Einladung
5 la gueule: *fam.* la bouche (d'un animal)
6 trier: sortieren
7 à tour de bras: mit voller Kraft
8 tendre: *hier* hinhalten
9 la joue: Wange
10 l'humilité *f.*: Bescheidenheit
11 chrétien/ne *adj.*: christlich

— Je me demande, dit Mme Kampf vaguement choquée, où tu vas chercher toutes ces sottises[1], mon ami.

Kampf sourit.

— Allons, allons, la suite… Voici quelques adresses sur ce bout de papier que tu n'auras qu'à recopier, Antoinette…

Mme Kampf se pencha sur l'épaule[2] de sa fille qui écrivait sans lever le front :

— C'est vrai qu'elle a une très jolie écriture, très formée… Dis donc, Alfred, M. Julien Nassan, ce n'est pas celui qui a été en prison pour cette affaire d'escroquerie[3] ?…

— Nassan ? Si.

— Ah ! murmura Rosine un peu étonnée.

Kampf dit :

— Mais d'où sors-tu ? Il a été réhabilité, on le reçoit partout, c'est un garçon charmant, et surtout un homme d'affaires de tout premier ordre[4]…

— M. Julien Nassan, 23 bis, avenue Hoche, relut[5] Antoinette. Après, papa ?

— Il n'y en a que vingt-cinq, gémit Mme Kampf : jamais nous ne trouverons deux cents personnes, Alfred…

— Mais si, mais si, ne commence pas à t'énerver. Où est ta liste à toi ? Tous les gens que tu as connus à Nice, à Deauville, à Chamonix, l'année dernière…

Mme Kampf prit un bloc-notes[6] sur la table.

— Le comte[7] Moïssi, M., Mme et Mlle Lévy de Brunelleschi et le marquis d'Itcharra : c'est le gigolo de Mme Lévy, on les invite toujours ensemble…

1 la sottise: la bêtise
2 l'épaule *f.*: Schulter
3 l'escroquerie *f.*: Betrug
4 de tout premier ordre: très important
5 relire: lire encore une fois
6 le bloc-notes: un bloc pour prendre des notes (Notizen)
7 le/la comte/-esse: Graf, Gräfin

— Il y a un mari, au moins ? questionna Kampf d'un air de doute.

— Je comprends, ce sont des gens très bien. Il y a encore des marquis, tu sais, il y en a cinq... Le marquis de Liguès y Hermosa, le marquis... Dis donc, Alfred, est-ce qu'on leur donne leurs titres en parlant ? Je pense qu'il vaut mieux, n'est-ce pas ? Pas monsieur le marquis, naturellement, comme les domestiques, mais : cher marquis, ma chère comtesse... sans cela les autres ne s'apercevraient[1] même pas que l'on reçoit[2] des gens titrés[3]...

— Si on pouvait leur coller une étiquette dans le dos, hein, tu aimerais ça ?

— Oh ! tes plaisanteries[4] idiotes... Allons, Antoinette, dépêche-toi de copier tout ça, ma petite fille...

Antoinette écrivit un moment, puis elle lut à voix haute :

« Le baron et la baronne Levinstein-Lévy, le comte et la comtesse du Poirier... »

— Ce sont Abraham et Rébecca Birnbaum, ils ont acheté ce titre-là, c'est idiot, n'est-ce pas, de se faire appeler du Poirier ?... Tant qu'à faire[5], moi, je...

Elle s'absorba[6] dans une rêverie profonde.

— Comte et comtesse Kampf, simplement, murmura-t-elle, ça ne sonne pas mal.

— Attends un peu, conseilla Kampf, pas avant dix ans...

Cependant Rosine triait des cartes de visite jetées pêle-mêle[7] dans une coupe[8] de malachite ornée[9] de dragons chinois en bronze doré.

1 s'apercevoir: remarquer
2 recevoir: empfangen
3 titré/e *adj.*: qn qui a un titre
4 la plaisanterie: Spaß
5 tant qu'à faire: wenn schon, denn schon
6 s'absorber dans: sich in etw. vertiefen
7 pêle-mêle *adv.*: durcheinander
8 la coupe: le vase
9 orner: décorer

— Je voudrais bien savoir qui sont ces gens-là, tout de même, murmura-t-elle : c'est un lot de cartes que j'ai reçues pour la nouvelle année… Il y a des tas de petits gigolos que j'ai connus à Deauville…

— Il en faut le plus possible, ça meuble[1], et s'ils sont habillés proprement…

— Oh, mon cher, tu plaisantes, ils sont tous comtes, marquis, vicomtes pour le moins… Mais je ne peux arriver à mettre leurs noms sur leurs figures… ils se ressemblent[2] tous. Mais ça ne fait rien au fond ; tu as bien vu comme on faisait chez les Rothwan de Fiesque ? On dit à tout le monde la même phrase exactement : « Je suis si heureuse… » et puis, si on est forcé[3] de présenter deux personnes l'une à l'autre, on bafouille[4] les noms… on n'entend jamais rien… Tiens, Antoinette, ma petite, c'est un travail facile, tout ça, les adresses sont marquées sur les cartes…

— Mais, maman, interrompit Antoinette : ça, c'est la carte du tapissier[5]…

— Qu'est-ce que tu racontes ? Fais voir. Oui, elle a raison ; mon Dieu, mon Dieu, je perds la tête, Alfred, je t'assure… Combien en as-tu, Antoinette ?

— Cent soixante-douze, maman.

— Ah ! tout de même !

Les Kampf poussèrent ensemble un soupir[6] de satisfaction et se regardèrent en souriant, comme deux acteurs sur la scène après un troisième rappel[7], avec une expression mêlée de lassitude[8] heureuse et de triomphe.

1 meubler: einrichten (le meuble)
2 se ressembler: sich ähnlich sehen
3 être forcé/e de faire qc: gezwungen sein etw. zu tun
4 bafouiller: stammeln, stottern
5 le/la tapissier/-ière: le/la décorateur/-trice
6 le soupir: Seufzer
7 le rappel: *ici* quand on fait revenir un acteur sur scène
8 la lassitude: la fatigue

— Ça ne va pas mal, hein ?

Antoinette demanda timidement :

— Est-ce que... est-ce que Mlle Isabelle Cossette, ce n'est pas « ma » Mlle Isabelle ?

— Eh bien, mais si...

— Oh ! s'exclama Antoinette, pourquoi est-ce que tu l'invites ?

Elle rougit aussitôt avec violence, pressentant[1] le sec : « ça te regarde ? » de sa mère ; mais Mme Kampf expliqua avec embarras :

— C'est une très bonne fille... Il faut faire plaisir aux gens...

— Elle est mauvaise comme la gale[2], protesta Antoinette.

Mlle Isabelle, une cousine des Kampf, professeur de musique dans plusieurs familles de riches coulissiers[3] juifs, était une vieille fille plate, droite et raide[4] comme un parapluie ; elle enseignait à Antoinette le piano et le solfège[5]. Excessivement myope[6] et ne portant jamais de lorgnon[7], car elle était vaine[8] de ses yeux assez beaux et de ses épais sourcils[9], elle collait sur les partitions son long nez charnu[10], pointu[11], bleu de poudre de riz[12], et, dès qu'Antoinette se trompait, elle lui donnait rudement sur les doigts, avec une règle d'ébène[13], plate et dure comme elle-même. Elle était

1 pressentir: (voraus)ahnen
2 la gale: Krätze, Giftkröte
3 le coulissier: *vx.* qn qui travaille à la bourse
4 raide *m./f. adj.*: steif
5 le solfège: die Musiklehre
6 myope *m./f. adj.*: kurzsichtig
7 le lorgnon: Kneifer, Sehglas
8 vain/e (de) *adj.*: *ici* fier/fière (de) *adj.*
9 le sourcil: Augenbraue
10 charnu/e *adj.*: fleischig
11 pointu/e *adj.*: spitz
12 le poudre de riz: Puder (zum Schminken)
13 la règle d'ébène: Ebenholzlineal

malveillante[1] et fureteuse[2] comme une vieille pie[3]. La veille[4] des leçons, Antoinette murmurait avec ferveur[5] dans sa prière du soir (son père s'étant converti à l'époque de son mariage, Antoinette avait été élevée dans la religion catholique) : « Mon Dieu, faites que Mlle Isabelle meure cette nuit. »

— La petite a raison, remarqua Kampf surpris ; qu'est-ce qui te prend d'inviter cette vieille folle ? tu ne peux pas la sentir[6]...

Mme Kampf haussa les épaules avec colère :

— Ah ! tu ne comprends rien... Comment veux-tu que la famille l'apprenne sans ça ? Dis donc, tu vois d'ici la tête de la tante Loridon qui s'est brouillée[7] avec moi parce que j'avais épousé un Juif, et de Julie Lacombe et de l'oncle Martial, tous ceux dans la famille qui prenaient avec nous un petit ton protecteur parce qu'ils étaient plus riches que nous, tu te rappelles ? Enfin, c'est bien simple, si on n'invite pas Isabelle, si je ne sais pas que le lendemain ils crèveront[8] tous de jalousie, j'aime autant ne pas donner de bal du tout ! Ecris, Antoinette.

— Est-ce qu'on dansera dans les deux salons ?

— Naturellement, et dans la galerie... tu sais que notre galerie est très belle... je louerai des corbeilles[9] de fleurs en quantité[10] ; tu verras comme ce sera joli, dans la grande galerie, toutes ces femmes en grande toilette[11] avec de

1 malveillant/e *adj.*: méchant/e *adj.*
2 fureteur/-euse *adj.*: vx. curieux/-euse *adj.*
3 (bavard/e) comme une vielle pie: (schwatzhaft) wie eine alte Elster
4 la veille: Vortag, Vorabend
5 la ferveur: Eifer
6 ne pas pouvoir sentir qn: *ici* ne pas aimer qn
7 se brouiller avec qn: sich zerstreiten
8 crever: *fam.* mourir
9 la corbeille: Korb
10 en quantité: beaucoup
11 en grande toilette: habillé/e pour un bal

beaux bijoux[1], les hommes en habit[2]… Chez les Lévy de Brunelleschi, c'était un spectacle féerique[3]… Pendant les tangos, on éteignait l'électricité, on laissait allumées seulement deux grandes lampes d'albâtre[4] dans les coins avec une lumière rouge…

— Oh ! je n'aime pas beaucoup ça, ça fait dancing[5].

— Ça se fait partout à présent, il paraît ; les femmes adorent se laisser tripoter[6] en musique… Le souper, naturellement, par petites tables…

— Un bar, peut-être, pour commencer ?…

— C'est une idée… Il faut les dégeler[7] dès qu'ils arrivent. On pourrait installer le bar dans la chambre d'Antoinette. Elle coucherait dans la lingerie[8] ou le petit cabinet de débarras[9] au bout du couloir, pour une nuit…

Antoinette tressaillit[10] violemment. Elle était devenue toute pâle ; elle murmura d'une voix basse, étranglée[11] :

— Est-ce que je ne pourrai pas rester seulement un petit quart d'heure ?

Un bal… Mon Dieu, mon Dieu, ce serait possible qu'il y eût là, à deux pas d'elle, cette chose splendide qu'elle se représentait vaguement comme un mélange confus de folle musique, de parfums enivrants[12], de toilettes éclatantes… de paroles amoureuses chuchotées dans un boudoir écarté,

1 le bijou, les bijoux: Schmuck
2 en habit: im Frack
3 féerique *m./f. adj.*: comme dans un conte (de fées)
4 l'albâtre *m.*: Alabaster
5 le dancing: Tanzlokal
6 tripoter: *fam.* begrapschen, befummeln
7 dégeler: auftauen
8 la lingerie: la chambre où on s'occupe du linge
9 le cabinet de débarras: Abstellkammer
10 tressaillir: zittern
11 étranglé/e *adj.*: erstickt
12 enivrant/e *adj.*: betörend

obscur[1] et frais comme une alcôve[2]… et qu'elle fût couchée ce soir-là, comme tous les soirs, à neuf heures comme un bébé… Peut-être des hommes qui savaient que les Kampf avaient une fille demanderaient-ils où elle était ; et sa mère répondrait avec son petit rire détestable : « Oh, mais elle dort depuis longtemps, voyons… » Et pourtant qu'est-ce que ça pouvait lui faire qu'Antoinette, elle aussi, eût sa part de bonheur sur cette terre ?… Oh ! mon Dieu, danser une fois, une seule fois, avec une jolie robe, comme une vraie jeune fille, serrée[3] dans des bras d'homme… Elle répéta avec une sorte de hardiesse[4] désespérée en fermant les yeux, comme si elle appuyait[5] sur sa poitrine un revolver chargé :

— Seulement un petit quart d'heure, dis, maman ?

— Quoi ? cria Mme Kampf stupéfaite[6], répète un peu…

— Tu iras au bal de M. Blanc, dit le père.

Mme Kampf haussa les épaules :

— Décidément, je crois que cette enfant est folle…

Antoinette cria tout à coup, la figure bouleversée[7] :

— Je t'en supplie, maman, je t'en supplie… J'ai quatorze ans, maman, je ne suis plus une petite fille… je sais qu'on fait son entrée dans le monde à quinze ans ; j'ai l'air d'avoir quinze ans, et l'année prochaine…

Mme Kampf éclata[8] subitement :

— Ça, par exemple, ça, c'est magnifique, cria-t-elle d'une voix enrouée[9] de colère : cette gamine, cette morveuse[10],

1 obscur/e *adj.*: ≠ clair/e *adj.*
2 l'alcôve *f.*: Alkoven, Bettnische
3 serrer: (um)schlingen
4 l'hardiesse *f.*: le courage
5 appuyer: drücken
6 stupéfait/e *adj.*: très étonné/e *adj.*
7 bouleversé/e *adj.*: bestürzt, erschüttert
8 éclater: *ici* crier
9 enroué/e *adj.*: heiser
10 le/la morveux/-euse: Rotznase

venir au bal, voyez-vous ça !... Attends un peu, je te ferai passer[1] toutes ces idées de grandeur, ma fille... Ah ! tu crois que tu entreras « dans le monde » l'année prochaine ? Qu'est-ce qui t'a mis ces idées-là dans la tête ? Apprends, ma petite, que je commence seulement à vivre, moi, tu entends, moi, et que je n'ai pas l'intention de m'embarrasser[2] de sitôt d'une fille à marier... Je ne sais pas ce qui me retient de t'allonger[3] les oreilles pour te changer les idées, continua-t-elle sur le même ton, en faisant un mouvement[4] vers Antoinette.

Antoinette recula et pâlit[5] davantage ; une expression égarée, désespérée dans ses yeux, frappa Kampf d'une sorte de pitié[6].

— Allons, laisse-la, dit-il en arrêtant la main levée de Rosine : elle est fatiguée, énervée, cette petite, elle ne sait pas ce qu'elle dit... va te coucher, Antoinette.

Antoinette ne bougeait pas ; sa mère la poussa légèrement par les épaules :

— Allez, ouste[7], et sans répliquer[8] ; file[9], ou bien gare[10]...

Antoinette tremblait de tous ses membres[11], mais elle sortit avec lenteur sans une larme.

— Charmant, dit Mme Kampf quand elle fut partie : ça promet... D'ailleurs, j'étais toute pareille à son âge ; mais je

1 faire passer qc à qn: jdm. etw. austreiben
2 s'embarrasser de qn/qc: sich belasten mit jdm./etw.
3 allonger les oreilles: tirer les oreilles
4 faire un mouvement: bouger
5 pâlir: devenir pâle, blanc
6 la pitié: Mitleid
7 ouste: *fam.* dehors, vite!
8 répliquer: répondre
9 filer: *fam.* partir vite
10 gare (à toi): attention!
11 les membres *m.pl.*: Gliedmaßen

ne suis pas comme ma pauvre maman qui n'a jamais su me dire non, à moi... Je la materai[1], je t'en réponds...

— Mais ça lui passera en dormant ; elle était fatiguée ; il est déjà onze heures ; elle n'a pas l'habitude de se coucher si tard : c'est ça qui l'aura énervée... Continuons la liste, c'est plus intéressant, dit Kampf.

Sujets d'étude

1. Donnez un titre à ce chapitre.
2. Indiquez la raison pour laquelle Mme Kampf invite sa cousine Mlle Isabelle.
3. Caractérisez les invités des Kampf : À quel niveau social est-ce-qu'ils appartiennent ? Pour quelles raisons sont-ils invités ? Quelle est leur relation avec les Kampf ?
4. a) Lisez la définition de « parvenu/e » : « Qui a atteint rapidement une importante situation sociale, sans en acquérir les manières, le ton, le savoir-vivre. » (tirée du Grand Robert, p. 1859, l. 1–3).
   b) Expliquez pourquoi elle s'applique bien aux Kampf.
5. Analysez le portrait physique et moral de Mlle Isabelle et dites de quel point de vue elle est décrite.
6. Citez une phrase typique pour Rosine et une autre pour Alfred qui montrent leur opinion sur le rôle des domestiques. Commentez la différence.

1 mater: bändigen, zügeln

III

Au milieu de la nuit, miss Betty fut réveillée par un bruit de sanglots[1] dans la chambre voisine. Elle alluma l'électricité, écouta un moment à travers le mur. C'était la première fois qu'elle entendait pleurer la petite : quand Mme Kampf grondait[2], Antoinette, d'ordinaire, réussissait à ravaler[3] ses larmes et ne disait rien.

— What's the matter with you, child ? Are you ill ? demanda l'Anglaise.

Immédiatement les sanglots cessèrent[4].

— Je suppose, votre mère vous a grondée, c'est pour votre bien, Antoinette... demain vous lui demanderez pardon, vous vous embrasserez et ce sera fini ; mais à cette heure il faut dormir ; voulez-vous une tasse de tilleul[5] chaud ? Non ? Vous pourriez me répondre, ma chérie, acheva-t-elle comme Antoinette se taisait[6]. Oh ! dear, dear, c'est bien laid, une petite fille qui boude[7] ; vous faites de la peine à votre ange gardien[8]...

Antoinette grimaça : « sale Anglaise » et tendit vers le mur ses faibles poings[9] crispés.[10] Sales égoïstes, hypocrites[11],

1 le sanglot: Schluchzen
2 gronder: schimpfen
3 ravaler: hinunterschlucken
4 cesser: arrêter, terminer
5 le tilleul: Lindenblüten(tee)
6 se taire: ne pas parler
7 bouder: beleidigt sein
8 l'ange gardien: Schutzengel
9 le poing: Faust
10 crisper: (zusammen)ballen
11 l'hypocrite *m./f.*: Scheinheilige/r

tous, tous… Ça leur était bien égal qu'elle suffoquât[1], toute seule, dans le noir à force de pleurer, qu'elle se sentît misérable et seule comme un chien perdu…

Personne ne l'aimait, pas une âme[2] au monde… Mais ils ne voyaient donc pas, aveugles[3], imbéciles[4], qu'elle était mille fois plus intelligente, plus précieuse, plus profonde[5] qu'eux tous, ces gens qui osaient l'élever, l'instruire… Des nouveaux riches grossiers[6], incultes[7]… Ah ! comme elle avait ri d'eux toute la soirée, et ils n'avaient rien vu, naturellement… elle pouvait pleurer ou rire sous leurs yeux, ils ne daignaient[8] rien voir… une enfant de quatorze ans, une gamine, c'est quelque chose de méprisable et de bas comme un chien… de quel droit ils l'envoyaient se coucher, la punissaient[9], l'injuriaient[10] ? « Ah ! je voudrais qu'ils meurent. » Derrière le mur, on entendait l'Anglaise respirer[11] doucement en dormant. De nouveau Antoinette recommença à pleurer, mais plus bas, goûtant les larmes qui coulaient sur les coins de sa bouche et à l'intérieur[12] des lèvres[13] ; brusquement, un étrange plaisir l'envahit ; pour la première fois de sa vie, elle pleurait ainsi, sans grimaces, ni hoquets[14], silencieusement, comme une femme… Plus tard, elle pleurerait, d'amour, les mêmes larmes… Un long moment, elle écouta rouler les sanglots dans sa poitrine comme une

1 suffoquer: mourir par manque d'air
2 l'âme *f.*: Seele
3 aveugle *m./f. adj.*: blind
4 l'imbécile *m./f.*: qui est idiot/e *adj.*
5 profond/e *adj.*: tief(sinnig)
6 grossier/-ière *adj.*: grob
7 inculte *m./f. adj.*: ungebildet
8 daigner: *hier iron.* geruhen zu
9 punir: bestrafen
10 injurier: beschimpfen, beleidigen
11 respirer: atmen
12 à l'intérieur: innen
13 la lèvre: Lippe
14 le hoquet: Schluckauf

houle[1] profonde et basse sur la mer… sa bouche trempée[2] de larmes avait une saveur[3] de sel d'eau… Elle alluma la lampe et regarda curieusement son miroir[4]. Elle avait les paupières gonflées[5], les joues rouges et marbrées[6]. Comme une petite fille battue[7]. Elle était laide[8], laide… Elle sanglota[9] de nouveau.

« Je voudrais mourir, mon Dieu faites que je meure… mon Dieu, ma bonne Sainte Vierge, pourquoi m'avez-vous fait naître parmi eux ? Punissez-les, je vous en supplie[10]… Punissez-les une fois, et puis, je veux bien mourir… »

Elle s'arrêta et dit tout à coup, à voix haute :

« Et sans doute, c'est tout des blagues[11], le bon Dieu, la Vierge[12], des blagues comme les bons parents des livres et l'âge heureux… »

Ah ! oui, l'âge heureux, quelle blague, hein, quelle blague ! Elle répéta rageusement[13] en mordant[14] ses mains si fort qu'elle les sentit saigner[15] sous ses dents :

« Heureux… heureux… j'aimerais mieux être morte au fond de la terre… »

1 la houle: Seegang
2 trempé/e *adj.*: nass
3 la saveur: le goût
4 le miroir: Spiegel
5 gonflé/e *adj.*: geschwollen
6 marbré/e *adj.*: marmoriert
7 battre: frapper
8 laid/e *adj.*: ≠ beau/belle *adj.*
9 sangloter: schluchzen
10 supplier: anflehen
11 la blague: Witz
12 la Vierge: Marie, la mère de Jésus Christ
13 rageusement *adv.*: avec rage
14 mordre: beißen
15 saigner: bluten

L'esclavage[1], la prison[2], aux mêmes heures répéter de jour en jour les mêmes gestes... Se lever, s'habiller... les petites robes sombres, les grosses bottines[3], les bas à côtes[4], exprès[5], exprès comme une livrée, pour que personne dans la rue ne suive un instant du regard cette gamine insignifiante[6] qui passe... imbéciles, vous ne lui verrez jamais plus cette chair de fleur et ces paupières lisses, intactes, fraîches et cernées, et ces beaux yeux effrayés, effrontés[7], qui appellent, ignorent[8], attendent... Jamais, jamais plus... Attendre... et ces mauvais désirs... Pourquoi cette envie honteuse[9], désespérée, qui ronge[10] le cœur en voyant passer deux amoureux au crépuscule[11], qui s'embrassent en marchant et titubent[12] doucement, comme ivres... Une haine[13] de vieille fille à quatorze ans ? Elle sait bien pourtant qu'elle aura sa part ; mais c'est si long, ça ne viendra jamais, et, en attendant, la vie étroite[14], humiliée[15], les leçons, la dure discipline, la mère qui crie...

« Cette femme, cette femme qui a osé[16] me menacer[17] ! »

Elle dit exprès à voix haute :

« Elle n'aurait pas osé... »

1 l'esclavage *m.*: Sklaverei
2 la prison: Gefängnis
3 la bottine: la botte pour femmes
4 le bas à côtes: Kniestrumpf im Rippenmuster
5 exprès *adv.*: absichtlich
6 insignifiant/e *adj.*: qui n'a pas d'importance
7 effronté/e *adj.*: frech
8 ignorer: ne pas savoir
9 honteux/-euse *adj.*: schändlich, beschämend
10 ronger: manger
11 le crépuscule: quand le soleil se couche
12 tituber: leicht schwanken
13 la haine: Hass
14 étroit/e *adj.*: geradlinig
15 humilier: erniedrigen
16 oser faire qc: wagen etw. zu tun
17 menacer qn: jdm. drohen

Mais elle se rappelait la main levée.

« Si elle m'avait touchée, je la griffais[1], je la mordais, et puis... on peut toujours s'échapper[2]... et pour toujours... la fenêtre... » pensa-t-elle fiévreusement[3].

Et elle se vit sur le trottoir, couchée, en sang[4]... Pas de bal le 15... On dirait : « Cette petite, elle ne pouvait pas choisir un autre jour pour se tuer... » Comme sa mère avait dit : « Je veux vivre, moi, moi... » Peut-être, au fond, cela faisait plus mal encore que le reste... Jamais Antoinette n'avait vu dans les yeux maternels[5] ce froid regard de femme, d'ennemie...

« Sales égoïstes ; c'est moi qui veux vivre, moi, moi, je suis jeune, moi... Ils me volent[6], ils volent ma part de bonheur sur la terre... Oh ! pénétrer[7] dans ce bal par miracle, et être la plus belle, la plus éblouissante[8], les hommes à ses pieds ! »

Elle chuchota :

« Vous la connaissez ? C'est Mlle Kampf. Elle n'est pas régulièrement jolie, si vous voulez, mais elle a un charme extraordinaire... et si fine... elle éclipse[9] toutes les autres, n'est-ce pas ? Quant à sa mère, elle a l'air d'une cuisinière à côté d'elle... »

Elle posa sa tête sur l'oreiller[10] trempé de larmes et ferma les yeux ; une espèce de molle[11] et lâche[12] volupté[13]

1 griffer: kratzen
2 s'échapper: entkommen
3 fiévreux/-euse *adj.*: fiebrig
4 le sang: das Blut
5 maternel/le *adj.*: → la mère
6 voler: stehlen
7 pénétrer: *ici* entrer
8 éblouissant/e *adj.*: blendend, strahlend
9 éclipser: ausstechen
10 l'oreiller *m.*: Kopfkissen
11 mou/mol/molle *adj.*: weich
12 lâche *m./f. adj.*: *ici* tendre *m./f. adj.*
13 la volupté: Wollust, Sinnlichkeit

détendait[1] doucement ses membres las[2]. Elle toucha son corps à travers[3] la chemise, avec des doigts légers, tendrement, respectueusement... Beau corps préparé pour l'amour... Elle murmura :

— Quinze ans, ô Roméo, l'âge de Juliette...

Quand elle aura quinze ans, la saveur du monde sera changée...

Sujets d'étude

1. Exposez brièvement pourquoi Antoinette est tellement triste.
2. Etudiez d'une façon détaillée le monologue intérieur d'Antoinette:
   a) En étant seule, Antoinette accuse à plusieurs reprises « les sales égoïstes ». Dites qui sont ces gens et comment elle les caractérise.
   b) Dans ce monologue vous trouvez aussi des dialogues inventés. Précisez en quoi consiste leur fonction.
   c) Relevez dans ce passage les synonymes pour les mots « enfant » et « enfance ». Précisez leurs traits significatifs.
3. D'après vous, quels sont le rôle et la valeur de l'enfance par rapport aux associations d'Antoinette? Discutez.
4. Mettez-vous à la place d'Antoinette et écrivez dans son journal intime ce qui s'est passé dans ce chapitre.

1 détendre: entspannen
2 las/se *adj.*: fatigué/e *adj.*
3 à travers: durch, hindurch

5. Travaillez à deux. Imaginez une fin positive du dialogue entre Mme Kampf et sa fille. Quelles meilleures solutions proposeriez-vous? Écrivez le dialogue et jouez la scène.
6. Imaginez ce qui se passera le lendemain matin. Écrivez un dialogue entre la mère et la fille et présentez-le.

IV

Le lendemain, Mme Kampf ne parla pas à Antoinette de la scène de la veille ; mais tout le temps que dura le déjeuner, elle s'attacha à faire sentir à sa fille sa mauvaise humeur par une série de ces réprimandes[1] brèves[2] où elle excellait[3] quand elle était en colère.

— A quoi rêves-tu avec cette lèvre qui pend ? Ferme la bouche, respire par le nez. Comme c'est aimable pour des parents, une fille qui est toujours dans les nuages... Fais donc attention, comment est-ce que tu manges ? Tu as taché la nappe, je parie[4]... Tu ne peux pas manger proprement à ton âge ? Et ne fais pas aller tes narines[5], je te prie, ma fille... tu dois apprendre à écouter les observations sans faire cette tête... tu ne daignes pas répondre ? tu as avalé[6] ta langue ? Bon, des larmes maintenant, continua-t-elle en se levant et en jetant sa serviette sur la table ; tiens, j'aime mieux m'en aller que de voir cette figure devant moi, petite sotte[7].

Elle sortit en poussant violemment la porte ; Antoinette et l'Anglaise demeurèrent seules en face du couvert défait.

— Finissez donc votre dessert, Antoinette, chuchota Miss : vous serez en retard pour votre leçon d'allemand.

1 la réprimande: Rüge, Zurechtweisung
2 bref/brève *adj.*: court/e *adj.*
3 exceller: être excellent/e, savoir bien faire qc
4 parier: wetten
5 faire aller les narines: die Nase hochziehen
6 avaler: (hinunter)schlucken
7 sot/te *adj.*: bête *m./f. adj.*

Antoinette, d'une main tremblante[1], porta à sa bouche le quartier de l'orange qu'elle venait de peler[2]. Elle s'attachait[3] à manger lentement, calmement, pour que le domestique, immobile[4] derrière sa chaise, pût la croire indifférente à ces criailleries[5], méprisant « cette femme » ; mais, malgré elle, des larmes s'échappaient[6] de ses paupières gonflées et coulaient rondes et brillantes sur sa robe.

Un peu plus tard, Mme Kampf entra dans la salle d'études ; elle tenait à la main le paquet d'invitations préparées :

— Tu vas à ta leçon de piano après le goûter[7], Antoinette ? Tu remettras à Isabelle son enveloppe et vous mettrez le reste à la poste, Miss.

— Yes, Mrs Kampf.

Le bureau de poste était plein de monde ; miss Betty regarda l'heure :

— Oh... nous n'avons pas le temps, il est tard, je passerai à la poste pendant votre leçon, chérie, dit-elle en détournant[8] les yeux et les joues plus rouges encore qu'à l'ordinaire[9] : ça vous... ça vous est égal, n'est-ce pas, chérie ?

— Oui, murmura Antoinette.

Elle ne dit plus rien ; mais, quand miss Betty, en lui recommandant[10] de se dépêcher, l'eut laissée devant la maison où habitait Mlle Isabelle, Antoinette attendit un

1 tremblant/e *adj.*: zitternd
2 peler: schälen
3 s'attacher à faire qc: faire attention à faire qc
4 immobile *m./f. adj.*: sans bouger
5 la criaillerie: des cris, le fait de crier
6 s'échapper de: *hier* herausquellen, hervortreten
7 le goûter: petit repas pris dans l'après-midi
8 détourner les yeux: regarder dans une autre direction
9 à l'ordinaire: normalement *adv.*
10 recommander qc à qn: dire à qn qu'il est bon de faire qc

instant, dissimulée[1] dans l'embrasure[2] de la porte cochère[3] et elle aperçut l'Anglaise qui se hâtait[4] vers un taxi arrêté au coin de la rue. La voiture passa tout près d'Antoinette qui se haussait sur les pointes[5] et regardait curieusement et peureusement à l'intérieur. Mais elle ne vit rien. Un moment elle demeura immobile, suivant des yeux le taxi qui s'éloignait.

« Je pensais bien qu'elle avait un amoureux... ils s'embrassent sans doute à présent[6] comme dans les livres... Est-ce qu'il lui dit : " Je t'aime... " Et elle ? Est-ce qu'elle est... sa maîtresse ? pensa-t-elle encore avec une sorte de honte, de dégoût violent, mêlés d'obscure souffrance[7] : libre, seule avec un homme... comme elle est heureuse... ils iront au Bois[8], sans doute. Je voudrais que maman les voie... ah ! je voudrais ! murmura-t-elle en serrant les poings[9] : mais non, les amoureux ont du bonheur... ils sont heureux, ils sont ensemble, ils s'embrassent... Le monde entier est plein d'hommes et de femmes qui s'aiment... Pourquoi pas moi ? »

Son cartable[10] d'écolière traînait devant elle, balancé à bout de bras. Elle le regarda avec haine, puis soupira, tourna lentement les talons[11], traversa la cour. Elle était en retard[12]. Mlle Isabelle dirait : « On ne t'apprend donc pas

1 dissimulé/e *adj.*: versteckt
2 l'embrasure *f.*: Öffnung
3 la porte cochère: Toreinfahrt
4 se hâter: se dépêcher
5 se hausser sur les pointes *f.pl.*: sich auf die Fußspitzen stellen
6 à présent: en ce moment, maintenant
7 la souffrance: Leiden
8 le Bois (de Boulogne): grand parc à Paris
9 serrer les poings *m.*: die Fäuste ballen
10 le cartable: sac pour élèves pour porter les livres et les cahiers
11 tourner les talons *m.*: retourner, partir
12 être en retard: être trop tard

que l'exactitude est le premier devoir d'une enfant bien élevée[1] envers ses professeurs, Antoinette ? »

« Elle est bête, elle est vieille, elle est laide... pensa-t-elle avec exaspération[2]. »

Tout haut, elle dévida[3] :

— Bonjour, mademoiselle, c'est maman qui m'a retenue[4] ; ce n'est pas de ma faute et elle m'a dit de vous remettre ceci...

Comme elle tendait l'enveloppe, elle ajouta avec une brusque inspiration :

— ... Et elle a demandé que vous me laissiez partir cinq minutes plus tôt que d'habitude...

Comme cela elle verrait peut-être revenir Miss accompagnée.

Mais Mlle Isabelle n'écoutait pas. Elle lisait l'invitation de Mme Kampf.

Antoinette vit rougir brusquement ses longues joues brunes et sèches.

— Comment ? Un bal ? Ta mère donne un bal ?

Elle tournait et retournait la carte entre ses doigts[5], puis elle la passa furtivement[6] sur le dos[7] de sa main. Etait-elle gravée[8] ou imprimée[9] seulement ? Cela faisait au moins quarante francs de différence... Elle reconnut aussitôt la gravure au toucher... Elle haussa les épaules avec humeur. Ces Kampf avaient toujours été d'une vanité[10] et d'une

1 bien élevé/e *adj.*: gut erzogen
2 l'exaspération: Gereiztheit, Erbitterung
3 dévider: abspulen
4 retenir qn: aufhalten
5 le doigt: Finger
6 furtivement *adv.*: heimlich, verstohlen, flüchtig
7 le dos (de la main): (Hand)Rücken
8 graver: (ein)gravieren
9 imprimer: drucken
10 la vanité: Einbildung, Selbstgefälligkeit, Eitelkeit

prodigalité[1] folles... Autrefois, quand Rosine travaillait à la Banque de Paris (et il n'y avait pas si longtemps de cela, mon Dieu !) elle dépensait[2] son mois tout entier en toilettes[3]... elle portait du linge de soie... des gants[4] frais toutes les semaines... Mais elle allait dans les maisons de rendez-vous[5], sans doute... Seules, ces femmes-là avaient du bonheur... Les autres... Elle murmura amèrement :

— Ta mère a toujours eu de la chance...

« Elle rage[6] », se dit Antoinette ; elle demanda avec une petite grimace malicieuse[7] :

— Mais vous viendrez sûrement, n'est-ce pas ?

— Je vais te dire, je ferai l'impossible parce que j'ai vraiment beaucoup envie de voir ta mère, dit Mlle Isabelle ; mais, d'autre part, je ne sais pas encore si je pourrai... Des amis, les parents d'une petite élève, ce sont les Gros, Aristide Gros, l'ancien chef de cabinet[8], ton père en a sûrement entendu parler, je les connais depuis des années – ils m'ont invitée au théâtre, et j'ai formellement[9] promis, tu comprends ?... Enfin, je tâcherai[10] d'arranger[11] ça, conclut-elle[12] sans préciser davantage[13] : mais, en tous les cas, tu diras à ta mère que je serai enchantée[14], charmée[15] de passer un moment avec elle...

1 la prodigalité: Verschwendungssucht
2 dépenser (de l'argent): ≠ gagner (de l'argent)
3 la toilette: *hier* Kleidung
4 le gant: Handschuh
5 la maison de rendez-vous: une maison de rencontre
6 rager: être en colère, → la rage
7 malicieux/-euse *adj.*: schelmisch, schadenfroh
8 le chef de cabinet: persönlicher Referent
9 formellement *adv.*: ausdrücklich
10 tâcher: essayer
11 arranger qc: etw. arrangieren, möglich machen
12 conclure: terminer
13 davantage *adv.*: plus
14 être enchanté/e *adj.*: être très content/e *adj.*
15 être charmé/e *adj.*: geschmeichelt sein

— Bien, mademoiselle.

— Maintenant, travaillons, allons, assieds-toi…

Antoinette fit virer[1] lentement le tabouret de peluche[2] devant le piano. Elle aurait pu dessiner de mémoire les taches, les trous de l'étoffe… Elle commença ses gammes[3]. Elle fixait[4] avec une morne[5] application[6] un vase sur la cheminée, peint en jaune, noir de poussière[7] à l'intérieur… Jamais une fleur… Et ces hideuses[8] petites boîtes en coquillages sur les étagères… Comme c'était laid, misérable et sinistre[9], ce petit appartement noir où on la traînait depuis des années…

Tandis que Mlle Isabelle disposait[10] les partitions[11], elle tourna furtivement la tête vers la fenêtre… (Il devait faire très beau au Bois, au crépuscule, avec ces arbres nus, délicats d'hiver et ce ciel blanc comme une perle…) Trois fois par semaine, toutes les semaines, depuis six ans… Est-ce que cela durerait jusqu'à ce qu'elle meure ?

— Antoinette, Antoinette, comment tiens-tu les mains ? Recommence-moi ça, je te prie… Est-ce qu'il y aura beaucoup de monde chez ta mère ?

— Je crois que maman a invité deux cents personnes.

— Ah ! Elle croit qu'il y aura suffisamment de place ? Elle ne craint pas qu'il fasse trop chaud, qu'on soit trop

1 virer: tourner
2 le tabouret: (Klavier)Hocker
3 la gamme: Tonleiter
4 fixer: regarder de manière intensive
5 morne *m./f. adj.*: triste *m./f. adj.*
6 l'application *f.*: Fleiß, Eifer
7 la poussière: Staub
8 hideux/-euse *adj.*: horrible *m./f. adj.*
9 sinistre *m./f. adj.*: unheimlich
10 disposer: ordnen
11 la partition: Partitur

à l'étroit[1] ? Joue plus fort, Antoinette, du nerf[2] ; ta main gauche est molle, ma petite... Cette gamme-ci pour la prochaine fois et l'exercice n° 18 du troisième cahier de Czerny...

Les gammes, les exercices... pendant des mois et des mois : La Mort d'Ase, les Chansons sans paroles de Mendelssohn, la Barcarolle des Contes d'Hoffmann... Et sous ses doigts raides[3] d'écolière, tout cela se fondait[4] en une espèce d'informe[5] et bruyante[6] clameur[7]...

Mlle Isabelle battait fortement la mesure[8] avec un cahier de notes roulé dans ses mains.

— Pourquoi appuies-tu[9] ainsi tes doigts sur les touches ? Staccato, Staccato... Tu crois que je ne vois pas comment tu tiens l'annulaire[10] et l'auriculaire[11] ? Deux cents personnes, tu dis ? Tu les connais tous ?

— Non.

— Est-ce que ta mère va mettre sa nouvelle robe rose de Premet[12] ?

— ...

— Et toi ? Tu assisteras au bal, je suppose[13] ? Tu es assez grande !

— Je ne sais pas, murmura Antoinette avec un frémissement douloureux.

1 être à l'étroit: ne pas avoir assez de place pour tout le monde
2 le nerf: *ici* l'énergie *f.*, la force
3 raide *m./f. adj.*: steif
4 se fondre: (ver)schmelzen
5 informe *m./f. adj.*: sans forme
6 bruyant/e *adj.*: qui fait beaucoup de bruit
7 la clameur: des cries
8 la mesure: *mus.* Takt
9 appuyer sur: drücken auf
10 l'annulaire *m.*: Ringfinger
11 l'auriculaire *m.*: le petit doigt
12 Premet: berühmter franz. Modeschöpfer der 20er und 30er Jahre
13 supposer: penser

— Plus vite, plus vite... voilà dans quel mouvement[1] ça doit être joué... une, deux, une, deux, une, deux... Allons, tu dors, Antoinette ? La suite[2], ma petite fille...

La suite... ce passage hérissé[3] de dièses[4] où l'on bute[5] à chaque coup... Dans l'appartement voisin un petit enfant qui pleure... Mlle Isabelle a allumé la lampe... Dehors, le ciel s'est assombri[6], effacé[7]... La pendule[8] sonne quatre fois... Encore une heure perdue, sombrée[9], qui a coulé[10] entre les doigts comme l'eau et qui ne reviendra plus... « je voudrais m'en aller très loin ou bien mourir... »

— Tu es fatiguée, Antoinette ? Déjà ? A ton âge, je jouais six heures par jour... Attends donc un peu, ne cours pas si vite, comme tu es pressée[11]... A quelle heure faudra-t-il que je vienne le 15 ?

— C'est écrit sur la carte. Dix heures.

— C'est très bien. Mais je te verrai avant.

— Oui, mademoiselle...

Dehors, la rue était vide. Antoinette se colla contre le mur et attendit. Au bout d'un instant, elle reconnut le pas[12] de miss Betty qui se hâtait au bras d'un homme. Elle se jeta en avant, buta dans les jambes du couple. Miss Betty poussa[13] un faible[14] cri.

1 le mouvement: *mus.* Tempo
2 la suite: Folge, Fortsetzung
3 hérissé/e de *adj.*: gespickt mit
4 la dièse: Kreuz *mus.*
5 buter: stolpern
6 s'assombrir: devenir sombre
7 s'effacer: verblassen
8 la pendule: l'horloge *f.*
9 sombrer: passer
10 couler: (zer)fließen
11 être pressé/e *adj.*: es eilig haben
12 le pas: Schritt
13 pousser un cri: crier
14 faible *m./f. adj.*: ≠ fort/e *m./f. adj.*

— Oh, miss, je vous attends depuis un grand quart d'heure...

Un éclair[1] elle eut presque sous les yeux le visage de Miss tellement changé qu'elle s'arrêta comme si elle hésitait à le reconnaître. Mais elle ne vit pas la petite bouche pitoyable[2], ouverte, meurtrie[3] comme une fleur forcée[4] ; elle regardait avidement[5] « l'homme ».

C'était un très jeune homme. Un étudiant. Un collégien peut-être, avec cette tendre lèvre enflammée[6] par les premiers coups de rasoir[7]... de jolis yeux effrontés... Il fumait. Tandis que Miss balbutiait des excuses, il dit tranquillement à haute voix :

— Présentez-moi, ma cousine.

— My cousin, Anntoinette, souffla[8] miss Betty.

Antoinette tendit la main. Le garçon rit un peu, se tut ; puis il parut[9] réfléchir et enfin proposa :

— Je vous accompagne, n'est-ce pas ?

Tous les trois ils descendirent en silence la petite rue vide et noire. Le vent poussait contre la figure d'Antoinette un air frais, mouillé[10] de pluie, comme embué[11] de larmes. Elle ralentit[12] le pas, regarda les amoureux qui marchaient devant elle sans rien dire, serrés l'un contre l'autre. Comme ils allaient vite... Elle s'arrêta. Ils ne détournèrent même

1 l'éclair *m.*: *ici* un petit moment
2 pitoyable *m./f. adj.*: qui fait pitié
3 meurtri/e *adj.*: zerquetscht, zerschunden
4 forcé/e *adj.*: gezwungen
5 avide *m./f. adj.*: (be)gierig
6 enflammé/e *adj.*: brennend, entzündet
7 le rasoir: Rasiermesser
8 souffler: dire à voix basse, chuchoter
9 paraître: scheinen
10 mouillé/e *adj.*: ≠ sec/sèche *adj.*
11 embué/e (de larmes) *adj.*: (tränen)feucht
12 ralentir: devenir plus lent/e *adj.*

pas la tête. « Si une voiture m'écrasait[1], est-ce qu'ils entendraient seulement ? » pensa-t-elle avec une singulière amertume[2]. Un homme qui passait la heurta[3] ; elle eut un mouvement effrayé[4] de recul[5]. Mais ce n'était que l'allumeur de réverbères[6] ; elle vit comme il les touchait un à un avec sa longue perche[7], et ils s'enflammaient[8] brusquement dans la nuit. Toutes ces lumières qui clignotaient[9] et vacillaient[10] comme des bougies[11] au vent... Tout à coup, elle eut peur. Elle courut en avant de toutes ses forces.

Elle rejoignit[12] les amoureux devant le pont Alexandre-III. Ils se parlaient très vite, très bas dans la figure. En apercevant[13] Antoinette, le garçon eut un geste impatienté. Miss Betty se troubla[14] un moment ; puis, saisie[15] d'une brusque inspiration, elle ouvrit son sac, en tira le paquet d'enveloppes.

— Tenez, chérie, voilà les invitations de votre maman que je n'ai pas encore mises à la poste... Courez vite jusqu'à ce petit bureau de tabac, là, dans la petite rue à gauche... vous voyez la lumière ? Vous les jetterez à la boîte. Nous vous attendons ici...

1 écraser: *hier* überfahren
2 l'amertume *f.*: Bitterkeit
3 heurter qn/qc: gegen jdn./etw. stoßen
4 effrayé/e *adj.*: erschrocken
5 avoir un mouvement de recul: zurückschrecken
6 le réverbère: la lampe/lanterne dans une rue
7 la perche: Stange
8 enflammer: allumer
9 clignoter: blinken
10 vaciller: schwanken, taumeln
11 la bougie: Kerze
12 rejoindre qn: zu jdm. zurückgehen, jdn. einholen
13 apercevoir: voir, remarquer
14 se troubler: unsicher werden
15 saisi/e *adj.*: pris/e *adj.*

Elle fourra[1] le paquet préparé dans la main d'Antoinette ; puis elle s'éloigna précipitamment[2]. Au milieu du pont, Antoinette la vit s'arrêter de nouveau, attendre le garçon en baissant la tête. Ils s'appuyèrent contre le parapet[3].

Antoinette n'avait pas bougé. A cause de l'obscurité[4], elle ne voyait que deux ombres[5] confuses et tout autour la Seine noire et pleine de reflets. Même quand ils s'embrassèrent, elle devina plutôt qu'elle ne vit le fléchissement[6], l'espèce de chute[7] molle de deux visages l'un contre l'autre ; mais elle tordit[8] brusquement les mains comme une femme jalouse... Dans le mouvement qu'elle fit, une enveloppe s'échappa et tomba à terre. Elle eut peur et la ramassa à la hâte, et, au même instant, elle eut honte de cette peur : quoi ? toujours trembler comme une petite fille ? Elle n'était pas digne[9] d'être une femme. Et ces deux-là qui s'embrassaient toujours ? Ils n'avaient pas dénoué[10] les lèvres... Une espèce de vertige[11] s'empara[12] d'elle, un besoin sauvage[13] de bravade[14] et de mal. Les dents serrées, elle saisit toutes les enveloppes, les froissa[15] dans ses mains, les déchira[16] et

1 fourrer: mettre
2 précipitamment *adv.*: très vite
3 le parapet: Brüstung
4 l'obscurité *f.*: Dunkelheit
5 l'ombre *f.*: Schatten
6 le fléchissement: Beugen, Biegen
7 la chute: Fall, Fallen
8 tordre les mains *f.pl.*: Hände ringen
9 digne *m./f. adj.*: würdig
10 dénouer: lösen
11 le vertige: Schwindel
12 s'emparer de qc/qn: jdn./etw. ergreifen
13 sauvage *m./f. adj.*: wild
14 la bravade: Herausforderung, Trotz
15 froisser: zerknittern
16 déchirer: zerreißen

les lança toutes ensemble dans la Seine. Un long moment, le cœur dilaté[1], elle les regarda qui flottaient[2] contre l'arche[3] du pont. Et puis, le vent finit par les emporter dans l'eau.

Sujets d'étude

1. Présentez l'événement déclencheur.
2. Nommez les différentes étapes qui mènent à la vengeance d'Antoinette. Notez pour chaque étape le/s sentiment/s qu'elle éprouve.
3. Commentez le comportement singulier de Miss Betty et son ami.
4. Antoinette regarde les invitations qui sont emportées avec l'eau. Imaginez ses sentiments et écrivez un monologue intérieur à cet égard.
5. Antoinette a jeté les invitations, sa mère, ne sachant rien, prépare le bal. Exposez comment vous imaginez la suite de l'histoire.
6. Imaginez un dialogue entre Miss Betty et son petit ami sur Antoinette.

1 dilaté/e *adj.*: ouvert/e *adj.*, grand/e *adj.*
2 flotter: schwimmen, treiben
3 l'arche *f.*: Bogen

V

Antoinette revenait de promenade avec Miss, il était près de six heures. Comme personne ne répondait à leur coup de sonnette, miss Betty frappa. Derrière la porte, elles entendirent un bruit de meubles qu'on traînait.

— Ils doivent être en train d'arranger le vestiaire, dit l'Anglaise : c'est pour ce soir, le bal ; moi, j'oublie toujours, et vous, chérie ?

Elle sourit à Antoinette d'un air de complicité craintive[1] et tendre. Pourtant, elle n'avait pas revu, devant la petite, son jeune amant ; mais depuis cette dernière entrevue[2], Antoinette était tellement taciturne[3] qu'elle inquiétait[4] Miss par son silence, ses regards…

Le domestique ouvrit la porte.

Aussitôt Mme Kampf, qui, dans la salle à manger voisine, surveillait l'électricien, s'élança[5] :

— Vous ne pouviez pas passer par l'escalier de service, non ? cria-t-elle d'un ton furieux : vous voyez bien qu'on met des vestiaires dans l'antichambre[6]. A présent, tout est à recommencer, ça ne sera jamais fini, continua-t-elle en saisissant une table pour aider le concierge[7] et Georges qui arrangeaient la pièce.

1 craintif/-ive *adj.*: quand on a peur
2 l'entrevue *f.*: la rencontre
3 taciturne *m./f. adj.*: wortkarg, schweigsam
4 inquiéter qn: jdn. beunruhigen
5 s'élancer: sich stürzen auf, losstürzen
6 l'antichambre *f.*: Vorzimmer
7 le concierge: Pförtner

Dans la salle à manger et la longue galerie qui la suivait, six serveurs en veste de toile[1] blanche disposaient les tables pour le souper. Au milieu le buffet était dressé, tout orné[2] de fleurs éclatantes[3].

Antoinette voulut entrer dans sa chambre ; Mme Kampf cria de nouveau :

— Pas par là, ne va pas là... Il y a le bar chez toi, et chez vous aussi, Miss, c'est occupé ; vous coucherez dans la lingerie pour cette nuit, et toi, Antoinette, dans le petit cabinet de débarras... c'est au bout de l'appartement, tu pourras dormir, tu n'entendras même pas la musique... Qu'est-ce que vous faites ? dit-elle à l'électricien qui travaillait sans se presser[4] en chantonnant[5] : vous voyez bien que cette ampoule[6] ne marche pas...

— Eh, il faut le temps, ma petite dame...

Rosine haussa les épaules avec irritation :

« ... Le temps, le temps, et il y a une heure qu'il est après », murmura-t-elle à mi-voix.

Elle serrait violemment les mains en parlant, d'un geste tellement identique à celui d'Antoinette en colère, que la petite, immobile sur le seuil[7], tressaillit brusquement, comme quand on se trouve, à l'improviste[8], devant un miroir.

Mme Kampf était vêtue[9] d'une robe de chambre, les pieds nus dans des mules[10] ; ses cheveux défaits se tordaient comme des serpents autour de son visage en feu. Elle

1 la toile: Leinen
2 orné/e *adj.*: geschmückt, dekoriert
3 éclatant/e *adj.*: leuchtend bunt
4 se presser: faire vite
5 chantonner: *fam.* chanter
6 l'ampoule *f.*: Glühbirne
7 le seuil: Schwelle
8 à l'improviste: quand on ne s'attend pas à qc
9 être vêtu/e de: porter des vêtements
10 la mule: Pantoffel

aperçut le fleuriste, qui, les bras pleins de roses, s'efforçait de passer devant Antoinette adossée à la muraille[1] :

— Pardon, mademoiselle.

— Allons, pousse[2]-toi donc, voyons, cria-t-elle si brusquement qu'Antoinette en reculant heurta l'homme du coude et effeuilla[3] une rose :

— Mais tu es insupportable[4], continua-t-elle d'une voix si forte que les verreries[5], sur la table, tintèrent[6] ; qu'est-ce que tu fais ici, à te fourrer dans les jambes des gens, à embêter tout le monde ? Va-t'en, va dans ta chambre, non pas dans ta chambre, dans la lingerie, où tu voudras ; mais qu'on ne te voie pas et que je ne t'entende pas !

Antoinette disparue[7], Mme Kampf traversa à la hâte la salle à manger, l'office encombré[8] de seaux[9] à frapper[10] le champagne, pleins de glace, et gagna le cabinet de travail de son mari. Kampf téléphonait. Elle attendit à peine qu'il eût raccroché le récepteur[11] et aussitôt, elle s'exclama[12] :

— Mais qu'est-ce que tu fais, tu n'es pas rasé ?

— A six heures ? mais tu es folle !

— D'abord, il est six heures et demie, et puis il peut y avoir encore des courses à faire à la dernière minute ; il vaut mieux être tout prêt.

— Tu es folle, répéta-t-il avec impatience : les domestiques sont là pour les courses…

1 la muraille: le mur
2 se pousser: Platz machen
3 éffeuiller: enlever les feuilles *f.pl.*
4 insupportable *m./f. adj.*: unerträglich
5 la verrerie: les objets en verre
6 tinter: klingen
7 disparaître: verschwinden
8 encombré/e *adj.:* plein/e de
9 le seau: Eimer
10 frapper: *hier* kühlen
11 le récepteur: Hörer
12 s'exclamer: crier

— J'aime quand tu commences à faire l'aristocrate et le monsieur, dit-elle en haussant les épaules : « les domestiques sont là... » ; garde donc tes manières pour tes invités...

Kampf grinça[1] :

— Oh ! ne commence pas à t'énerver, hein !

— Mais comment veux-tu, cria Rosine, des larmes dans la voix, comment veux-tu que je ne m'énerve pas ! Rien ne va ! ces cochons de domestiques ne seront jamais prêts ! Il faut que je sois partout, que je surveille[2] tout, et ça fait trois nuits que je ne dors pas ; je suis à bout[3], je sens que je deviens folle !...

Elle saisit un petit cendrier d'argent[4] et le lança à terre ; mais cette violence parut la calmer. Elle sourit avec un peu de honte.

— Ce n'est pas ma faute, Alfred...

Kampf secoua[5] la tête sans répondre. Comme Rosine s'en allait, il la rappela :

— Dis donc, écoute, je voulais te demander, tu n'as toujours rien reçu, pas une réponse des invités ?

— Non, pourquoi ?

— Je ne sais pas, ça me paraît drôle... Et c'est comme un fait exprès[6] ; je voulais demander à Barthélemy s'il avait bien reçu sa carte, et voilà une semaine que je ne le vois pas à la Bourse... Si je téléphonais ?

— Maintenant ? Ce serait idiot.

— C'est tout de même drôle, dit Kampf.

Sa femme l'interrompit[7] :

1 grincer (des dents *f.pl.*): (mit den Zähnen) knirschen
2 surveiller: → le/la surveillant/e
3 être à bout: am Ende sein
4 le cendrier d'argent: Silberaschenbecher
5 secouer: schütteln
6 comme (par) un fait exprès: ausgerechnet
7 interrompre: unterbrechen

— Eh bien, c'est que ça ne se fait pas de répondre, voilà tout ! On vient ou on ne vient pas… Et veux-tu que je te dise ? Ça me fait même plaisir… Ça veut dire que personne n'a pensé d'avance[1] à nous faire faux bond[2]… Ils se seraient excusés, au moins, tu ne crois pas ?

Comme son mari ne répondait rien, elle questionna avec impatience :

— N'est-ce pas, Alfred ? J'ai raison ? Hein ! Qu'est-ce que tu dis ?

Kampf écarta[3] les bras.

— Je ne sais rien… Qu'est-ce que tu veux que je dise ? Je ne sais pas plus que toi…

Ils se regardèrent un moment en silence. Rosine soupira en baissant la tête.

— Oh ! mon Dieu, on est comme perdus, n'est-ce pas ?

— Ça passera, fit Kampf.

— Je sais bien, mais en attendant… Oh, si tu savais comme j'ai peur ! Je voudrais que ce soit déjà fini…

— Ne t'énerve pas, répéta mollement Kampf.

Lui-même tournait son coupe-papier[4] dans les mains d'un air absent. Il recommanda[5] :

— Surtout, parle le moins possible… des phrases toutes faites[6]… « Je suis heureuse de vous voir… Prenez donc quelque chose… Il fait chaud, il fait froid… »

— Ce qui sera terrible, dit Rosine d'un ton soucieux, ce sera les présentations… Songe[7] donc, tous ces gens que j'ai vus une fois dans ma vie, c'est à peine[8] si je connais leurs

1 d'avance: im Voraus
2 faire un faux bond à qn: jdn. versetzen
3 écarter: ausbreiten
4 le coupe-papier: Brieföffner
5 recommander qc à qn: conseiller
6 tout/e fait/e: préparé/e avant
7 songer: *ici* penser
8 à peine: kaum

figures... et qui ne se connaissent pas, qui n'ont rien de commun[1] entre eux...

— Eh mon Dieu, tu bafouilleras[2] quelque chose. Après tout, tout le monde est dans notre cas[3], tout le monde a commencé un jour.

— Te rappelles-tu, demanda brusquement[4] Rosine, notre petit appartement rue Favart ? Et comme on a hésité avant de remplacer le vieux divan[5] dans la salle à manger qui était tout crevé ? Il y a quatre ans de ça, et regarde... ajouta-t-elle en montrant les meubles lourds de bronze qui les entouraient.

— Tu veux dire, demanda-t-il, que, dans quatre ans d'ici, on recevra des ambassadeurs[6], et alors, nous nous rappellerons comme nous étions ici ce soir à trembler parce qu'une centaine de maquereaux[7] et de vieilles grues[8] devaient venir ? Hein ?

Elle lui posa en riant la main sur la bouche.

— Tais-toi, voyons !

Comme elle sortait, elle se heurta au maître d'hôtel qui venait l'avertir au sujet des mossers[9] : ils n'étaient pas arrivés avec le champagne ; le barman croyait qu'il n'aurait pas assez de gin pour les cocktails.

Rosine se saisit la tête à deux mains.

— Allons bon, il ne manquait plus que ça, commença-t-elle à clamer[10], vous ne pouviez pas me dire ça avant, non ?

1 commun/e *adj.*: gemeinsam
2 bafouiller: *fam.* parler
3 le cas: *ici* la situation
4 brusquement *adv.*: plötzlich, jäh
5 le divan: Sofa
6 l'ambassadeur *m.*: Botschafter
7 le maquereau: *fam.* Zuhälter
8 la grue: *fam.* Prostituierte
9 les mossers *m.pl.*: Champagnerbesen (zum Aufschäumen des Champagners)
10 clamer: crier

Où voulez-vous que je trouve du gin à cette heure-ci ? Tout est fermé… et les mossers…

— Envoyez le chauffeur, ma chère, conseilla Kampf.

— Le chauffeur est allé dîner, dit Georges.

— Naturellement, cria Rosine hors d'elle[1], naturellement ! Il se fout[2] bien… – elle se rattrapa[3] – ça lui est bien égal si on a besoin ou non de lui, monsieur file[4], monsieur va dîner ! En voilà encore un que je balancerai[5] demain à la première heure, ajouta-t-elle en s'adressant à Georges d'un ton si furieux que le valet pinça[6] immédiatement ses longues lèvres rasées.

— Si Madame dit ça pour moi… commença-t-il.

— Mais non, mon ami, mais non, vous êtes fou… ça m'a échappé ; vous voyez bien que je suis énervée, dit Rosine en haussant les épaules ; prenez un taxi, et allez tout de suite chez Nicolas… Donne-lui de l'argent, Alfred…

Elle se précipita dans sa chambre, redressant les fleurs au passage et gourmandant[7] les serveurs :

— Cette assiette de petits fours[8] est mal placée, là… Redressez la queue du faisan[9] davantage. Les sandwiches au caviar frais, où sont-ils ? Ne les mettez pas trop en avant : tout le monde se jettera dessus. Et les barquettes[10] au foie gras[11] ? Où sont les barquettes au foie gras ? Je parie qu'on a

1 être hors de soi: außer sich sein
2 se foutre de qn/qc: *fam.* auf jdn./etw. pfeifen
3 se rattraper: *ici* se calmer
4 filer: *fam.* s'en aller
5 balancer: *fam. ici* mettre qn/qc à la porte
6 pincer: kneifen
7 gourmander: rügen, zurechtweisen
8 les petits fours *m.pl.*: petites spécialités à manger
9 la queue du faisan: Fasanenschwanzfeder
10 la barquette: kleines Gebäck
11 le foie gras: Gänseleber(pastete)

oublié les barquettes au foie gras ! Si je ne fourre[1] pas mon nez partout !...

— Mais on est en train de les déballer[2], Madame, dit le maître d'hôtel.

Il la regardait avec une ironie mal dissimulée.

« Je dois être ridicule », pensa brusquement Rosine en apercevant dans la glace sa figure empourprée[3], ses yeux égarés, ses lèvres tremblantes. Mais, comme une enfant surmenée[4], elle sentait qu'elle ne pouvait pas se calmer malgré tous ses efforts ; elle était épuisée[5] et prête aux larmes.

Elle rentra chez elle.

La femme de chambre disposait sur le lit la toilette de bal, en lamé d'argent[6], ornée d'épaisses franges[7] de perles, les souliers[8] qui brillaient comme des bijoux, les bas de mousseline.

— Madame va dîner de suite ? On servira le dîner ici pour ne pas déranger les tables sans doute...

— Je n'ai pas faim, dit Rosine avec emportement[9].

— Comme Madame voudra ; mais moi, je puis aller dîner, à la fin ? dit Lucie en serrant les lèvres, car Mme Kampf lui avait fait recoudre[10] pendant quatre heures les perles de sa robe qui s'effilaient[11] le long des franges : je ferai remarquer

1 fourrer: *fam.* mettre
2 déballer: auspacken
3 empourpré/e *adj.*: très rouge *m./f. adj.*
4 surmené/e *adj.*: überanstrengt
5 épuisé/e *adj.*: erschöpft
6 en lamé d'argent: mit silberglänzenden Metallfäden durchwirkt
7 la frange: Franse
8 le soulier: la chaussure
9 l'emportement *m.*: la colère
10 (re)coudre: (wieder an)nähen
11 s'effiler: ausfransen

à Madame qu'il est près de huit heures et que les gens ne sont pas des bêtes[1].

— Mais allez, ma fille, allez, est-ce que je vous retiens ! s'exclama Mme Kampf.

Quand elle fut seule, elle se jeta sur le canapé et ferma les yeux ; mais la chambre était glacée, comme une cave[2] : on avait éteint[3] les radiateurs[4] depuis le matin dans tout l'appartement. Elle se releva, s'approcha de la coiffeuse.

« Je suis à faire peur… »

Elle commença à farder[5] minutieusement[6] son visage ; d'abord, une couche[7] épaisse[8] de crème qu'elle malaxait[9] des deux mains, puis le rouge liquide sur les joues, le noir sur les cils[10], la petite ligne légère qui allongeait[11] les paupières vers les tempes[12], la poudre… Elle se maquillait avec une extrême lenteur, et, de temps en temps, elle s'arrêtait, elle prenait le miroir et elle dévorait[13] des yeux son image avec une attention passionnée, anxieuse, et des regards à la fois durs, méfiants[14] et rusés[15]. Brusquement, elle saisit de ses doigts serrés un cheveu blanc sur la tempe ; elle l'arracha[16] avec une grimace violente. Ah ! la vie était mal

1 la bête: l'animal *m.*
2 la cave: Keller
3 éteindre: ≠ allumer
4 le radiateur: Heizkörper
5 (se) farder: (sich) schminken
6 minutieux/-euse *adj.*: sehr genau, sorgfältig
7 la couche: Schicht
8 épais/se *adj.*: dick
9 malaxer: kneten
10 le cil: Wimper
11 allonger: faire plus long
12 la tempe: Schläfe
13 dévorer (des yeux *m.pl.*): (mit den Augen) verschlingen
14 méfiant/e *adj.*: misstrauisch
15 rusé/e *adj.*: listig, schlau
16 arracher: ausreißen

faite !... Son visage de vingt ans... ses joues en fleur[1]... et des bas rapiécés, du linge raccommodé[2]... A présent, les bijoux, les robes, les premières rides[3]... tout cela va ensemble... Comme il fallait se hâter de vivre, mon Dieu, de plaire aux hommes, d'aimer... L'argent, les belles toilettes et les belles voitures, à quoi bon tout cela s'il n'y avait pas un homme dans la vie, un beau, un jeune amant ?... Cet amant... comme elle l'avait attendu. Elle avait écouté et suivi des hommes qui lui parlaient d'amour quand elle était encore une pauvre fille, parce qu'ils étaient bien habillés, avec de belles mains soignées[4]... Quels mufles[5], tous... Mais elle n'avait pas cessé d'attendre... Et maintenant, c'était la dernière chance, les dernières années avant la vieillesse, la vraie, sans remèdes[6], l'irréparable... Elle ferma les yeux, imagina de jeunes lèvres, un regard avide et tendre, chargé de désirs...

A la hâte, comme si elle courait à un rendez-vous d'amour, elle jeta son peignoir[7], commença à s'habiller : elle enfila[8] ses bas, ses souliers, sa robe, avec l'agilité[9] particulière de celles qui, toute leur vie, se sont passées[10] de femmes de chambre. Les bijoux... Elle en avait un coffre[11] plein... Kampf disait que c'étaient les plus sûrs placements[12]... Elle mit son grand collier[13] de perles à deux rangs[14], toutes ses

1 en fleur: blühend
2 rapiécé/e *adj.*, raccomodé/e *adj.*: gestopft, geflickt
3 la ride: Falte
4 soigné/e *adj.*: gepflegt
5 le mufle: *fam.* Flegel, Lümmel
6 le remède: (Heil)Mittel
7 le peignoir: Morgenmantel
8 enfiler: mettre
9 l'agilité *f.*: Wendigkeit, Geschicklichkeit
10 se passer de: ne pas avoir
11 le coffre: Truhe, Geldschrank, Safe
12 le placement: (Kapital)Anlage
13 le collier (de perles *f.pl.*): (Perlen)Kette
14 le rang: Reihe

bagues[1], à chaque bras des bracelets[2] de diamants énormes qui les emprisonnaient des poignets jusqu'aux coudes ; puis elle fixa à son corsage un grand pendentif[3] orné de saphirs, de rubis et d'émeraudes[4]. Elle rutilait, elle étincelait[5] comme une châsse[6]. Elle recula de quelques pas, se regarda avec un sourire joyeux[7]... La vie commençait enfin !... Ce soir même, qui sait ?...

Sujets d'étude

1. Résumez ce chapitre.
2. Indiquez les remarques dans lesquelles se traduisent la peur et l'incertitude du couple Kampf le jour de leur premier bal.
3. Mme Kampf se maquille minutieusement. Analysez les réflexions de son monologue intérieur en ce qui concerne l'aspect extérieur, le statut social et l'âge. Comparez son état d'âme avant et après le maquillage.
4. Dégagez les ressemblances entre Rosine et Antoinette. Référez-vous à ce chapitre, mais aussi aux informations données aux chapitres antérieurs.
5. En quoi est-ce que vous ressemblez à votre mère/à votre père ? Travaillez en groupe. Préparez des images fixes et présentez-les aux autres.

1 la bague: Ring
2 le bracelet: Armband
3 le pendentif: Anhänger
4 l'émeraude *f.*: Smaragd
5 rutiler, étinceler: funkeln, glitzern
6 la châsse: Reliquienschrein
7 joyeux/-euse *adj.*: heureux/-euse *adj.*

VI

Antoinette et Miss finissaient de dîner sur une planche à repasser[1], étendue[2] en travers de deux chaises dans la lingerie. Derrière la porte on entendait les domestiques courir dans l'office et un bruit de vaisselle heurtée. Antoinette ne bougeait pas, les mains serrées entre ses genoux. A neuf heures, Miss regarda sa montre.

— Il faut aller tout de suite au lit, chérie... vous n'entendrez pas la musique dans la petite chambre ; vous dormirez bien.

Comme Antoinette ne répondait pas, elle frappa en riant dans ses mains.

— Allons, réveillez-vous, Antoinette, qu'est-ce que vous avez ?

Elle la mena jusqu'à un petit cabinet de débarras, mal éclairé, et qu'on avait meublé à la hâte d'un lit de fer[3] et de deux chaises.

En face, de l'autre côté de la cour, on apercevait les fenêtres brillantes du salon et de la salle à manger.

— Vous pourrez voir danser les gens d'ici ; il n'y a pas de volets[4], plaisanta miss Betty.

Quand elle fut partie, Antoinette vint coller peureusement et avidement son front aux vitres ; un grand pan de mur[5]

1 la planche à repasser: Bügelbrett
2 étendu/e *adj.*: aufgestellt, ausgeklappt
3 le fer: Eisen
4 le volet: Fensterladen
5 le pan de mur: une partie d'un mur

était illuminé par la clarté dorée[1], ardente[2], des fenêtres. Des ombres passaient en courant derrière les rideaux de tulle[3]. Les domestiques. Quelqu'un entr'ouvrit la baie ; Antoinette perçut[4] distinctement[5] le bruit des instruments qu'on accordait[6] au fond du salon. Les musiciens étaient déjà là... Mon Dieu, il était plus de neuf heures... Toute la semaine, elle avait attendu confusément une catastrophe qui engloutirait[7] le monde à temps pour que rien ne fût découvert ; mais le soir passait comme tous les soirs. Dans un appartement voisin, une horloge sonna la demie. Encore trente minutes, trois quarts d'heure, et puis... Rien, il n'arriverait rien, sans doute, puisque, lorsqu'elles étaient rentrées ce jour-là, de promenade, Mme Kampf avait demandé en se jetant sur Miss, avec cette impétuosité[8] qu'elle avait et qui faisait perdre immédiatement la tête aux gens nerveux : « Eh bien, vous avez mis les invitations à la poste ; vous n'avez rien perdu, rien égaré[9], vous êtes sûre ? » et que Miss avait dit : « Oui, Mrs Kampf. » Certainement, elle était responsable, elle seule... Et si on la renvoyait, tant pis[10], c'était bien fait, ça lui apprendrait.

« Je m'en fiche, je m'en fiche », balbutia-t-elle ; elle mordit avec emportement ses mains, qui, sous les jeunes dents aiguës[11], saignèrent.

« Et l'autre, elle pourra me faire ce qu'elle voudra, je n'ai pas peur, je m'en fiche ! »

1 doré/e *adj.*: comme de l'or
2 ardent/e *adj.*: comme du feu
3 le rideau de tulle: Tüllvorhang
4 percevoir: voir, remarquer
5 distinctement *adv.*: clairement
6 accorder: (Musikinstrument) stimmen
7 engloutir: verschlingen
8 l'impétuosité *f.*: Ungestüm, Heftigkeit
9 égarer: verlegen, liegen lassen
10 tant pis: *hier* da kann man nichts machen
11 aigu/ë *adj.*: spitz

Elle regarda la cour noircie[1] et profonde sous la fenêtre.

« Je me tuerai, et, avant de mourir, je dirai que c'est à cause d'elle, voilà tout, murmura-t-elle : je n'ai peur de rien, je me suis vengée d'avance... »

Elle recommença à guetter[2] ; la vitre s'embuait[3] sous ses lèvres ; elle la frottait[4] avec violence et, de nouveau, y collait son visage. A la fin, impatientée, elle ouvrit tout grands les deux battants[5]. La nuit était pure et froide. Maintenant, elle voyait distinctement, de ses yeux perçants de quinze ans, les chaises rangées le long du mur, les musiciens autour du piano. Elle demeura immobile si longtemps qu'elle ne sentait plus ses joues ni ses bras nus. Un moment, elle s'hallucina[6] jusqu'à penser que rien n'était arrivé, qu'elle avait vu en rêve le pont, l'eau noire de la Seine, les billets déchirés qui volaient dans le vent, et que les invités allaient entrer par miracle, et la fête commencer. Elle entendit sonner les trois quarts, et puis, dix coups... Les dix coups... Alors, elle tressaillit et se glissa[7] hors de la pièce. Elle marchait vers le salon, comme un assassin[8] novice[9] qu'attire[10] le lieu de son crime. Elle traversa le corridor, où deux serveurs, la tête renversée, buvaient à même le goulot[11] des bouteilles de champagne. Elle gagna la salle à manger. Elle était déserte[12],

1 noirci/e *adj.*: devenir noir/e *adj.*
2 guetter: regarder, attendre avec impatience
3 s'embuer: anlaufen, beschlagen
4 frotter: reiben, scheuern
5 le battant: (Fenster)Flügel
6 s'halluciner: s'imaginer
7 se glisser: schleichen, schlüpfen
8 l'assassin *m./f.*: qn qui a tué qn
9 le/la novice: qn qui (a) fait qc pour la première fois
10 attirer: anziehen, anlocken
11 boire au goulot: boire de la bouteille
12 désert/e *adj.*: vide *m./f. adj.*

toute prête, parée[1] avec la grande table au milieu, chargée de gibier[2], de poissons en gelée, d'huîtres dans des plats d'argent, ornée de dentelles[3] de Venise[4], avec les fleurs qui reliaient[5] les assiettes, et les fruits en deux pyramides égales. Tout autour, les guéridons à quatre et six couverts brillaient de cristaux, de fine porcelaine, d'argent et de vermeil[6]. Plus tard, Antoinette ne put jamais comprendre comment elle avait osé traverser ainsi, dans toute sa longueur, cette grande chambre rutilante de lumières. Au seuil du salon, elle hésita un instant et puis elle avisa[7] dans le boudoir voisin le grand canapé de soie ; elle se jeta sur les genoux, se faufila[8] entre le dos du meuble et la tenture[9] flottante[10] ; il y avait juste une petite place où elle pourrait demeurer en serrant ses bras et ses genoux contre elle, et, en avançant la tête, elle voyait le salon comme une scène de théâtre. Elle tremblait doucement, toute gelée[11] encore de sa longue station devant la fenêtre ouverte. A présent, l'appartement semblait endormi, calme, silencieux. Les musiciens parlaient à voix basse. Elle voyait le nègre avec ses dents brillantes, une dame en robe de soie, des cymbales[12] comme une grosse caisse[13] dans une fête foraine[14], un violoncelle[15] énorme debout dans un

1 paré/e *adj.*: décoré/e *adj.*
2 le gibier: Wild
3 la dentelle: Spitze
4 Venise: Venedig
5 (re)lier: verbinden
6 le vermeil: Silbergold
7 aviser: remarquer
8 se faufiler: schleichen, schlüpfen
9 la tenture: Behang
10 flottant/e *adj.*: *hier* wehend, flatternd
11 gelé/e *adj.*: quand on a froid
12 la cymbale: Becken, Zimbel
13 la grosse caisse: große Trommel
14 la fête foraine: Jahrmarkt, Kirmes
15 le violoncelle: (Violon)Cello

coin. Le nègre soupira en effleurant de l'ongle[1] une espèce de guitare qui bourdonna[2] et gémit[3] sourdement[4].

— On commence et on finit de plus en plus tard, maintenant.

La pianiste dit quelques mots qu'Antoinette n'entendit pas et qui firent rire les autres. Puis, M. et Mme Kampf entrèrent brusquement.

Lorsque Antoinette les aperçut, elle fit un mouvement comme pour s'enfoncer[5] dans la terre ; elle s'écrasa contre la muraille, la bouche enfouie[6] dans le creux[7] de son coude replié[8] ; mais elle entendait leurs pas qui se rapprochaient. Ils étaient tout près d'elle. Kampf s'assit dans un fauteuil en face d'Antoinette. Rosine tourna un instant dans la pièce ; elle alluma, puis elle éteignit[9] les appliques[10] de la cheminée. Elle étincelait de diamants.

— Assieds-toi, dit Kampf à voix basse, c'est idiot de t'agiter comme ça…

Elle se plaça de telle façon qu'Antoinette qui avait ouvert les yeux et avancé la tête, jusqu'à toucher de la joue le bois du canapé, vit sa mère debout en face d'elle, et elle fut frappée d'une expression sur ce visage impérieux[11], qu'elle n'avait jamais vue : une sorte d'humilité, de zèle, d'effroi[12]…

— Alfred, tu crois que ce sera bien ? demanda-t-elle d'une voix pure et tremblante de petite fille.

1 l'ongle *m.*: (Finger)Nagel
2 bourdonner: summen, brummen
3 gémir: stöhnen
4 sourdement *adv.*: dumpf
5 s'enfoncer: versinken
6 enfoui/e *adj.*: vergraben
7 le creux: Mulde, Vertiefung
8 replié/e *adj.*: angewinkelt
9 éteindre: ≠ allumer
10 l'applique *f.*: lampe accrochée au mur
11 impérieux/-euse *adj.*: gebieterisch
12 l'effroi *m.*: Entsetzen

Alfred n'eut pas le temps de répondre ; car un coup de sonnette vibra[1] brusquement à travers l'appartement.

Rosine joignit les mains.

— Oh, mon Dieu, ça commence ! chuchota-t-elle comme s'il se fût agi d'un tremblement de terre[2].

Tous les deux s'élancèrent vers la porte du salon ouverte à deux battants.

Au bout d'un instant, Antoinette les vit revenir, encadrant[3] Mlle Isabelle qui parlait très haut, d'une voix différente elle aussi, inhabituelle, haute et pointue[4], avec de petits éclats de rire qui piquaient[5] ses phrases comme des aigrettes[6].

« Celle-là encore que j'avais oubliée », pensa Antoinette avec épouvante[7].

Mme Kampf, radieuse[8] à présent, parlait sans s'arrêter ; elle avait repris sa mine arrogante et joyeuse ; elle lançait des clins d'œil[9] malicieux[10] à son mari, en lui montrant furtivement la robe de Mlle Isabelle, en tulle jaune, avec, autour de son long cou sec, un boa de plumes qu'elle tourmentait des deux mains comme l'éventail de Célimène[11] ; un face-à-main[12] en argent pendait au bout du ruban de velours[13] orange qui entourait son poignet.

— Vous ne connaissiez pas cette pièce, Isabelle ?

1 vibrer: sonner
2 le tremblement de terre: Erdbeben
3 encadrer: einrahmen, umrahmen
4 pointu/e *adj.*: *hier* schrill
5 piquer: spicken
6 l'aigrette *f.*: Federbusch, Federkrone
7 l'épouvante *f.*: l'horreur *f.*
8 radieux/-euse *adj.*: strahlend
9 le clin d'œil: Blinzeln, (Augen)Zwinkern
10 malicieux/-euse *adj.*: méchant/e *adj.*
11 Célimène: femme élégante, personnage du « Misantrophe » de Molière
12 le face à main: lunettes qu'on tient à la main
13 le ruban de velours: Samtband

— Mais non, elle est très jolie, qui vous l'a meublée ? Oh ! c'est ravissant[1], ces petites potiches[2]. Tiens, vous aimez encore ce style japonais, Rosine ? Moi, je le défends toujours ; je disais encore aux Bloch-Levy, l'autre jour, les Salomon, vous connaissez ? qui reprochaient à ce style d'être toc[3] et de faire « nouveau riche » (selon leur expression) :

« Vous direz ce que vous voudrez, mais c'est gai[4], c'est vivant, et puis, que ce soit moins cher, par exemple, que le Louis XV[5], ce n'est pas un défaut, au contraire…

— Mais vous vous trompez absolument, Isabelle, protesta Rosine avec vivacité : le Chinois ancien, le Japonais, ça atteint des prix fous… Ainsi, cette potiche avec des oiseaux…

— Un peu bas d'époque…

— Mon mari l'a payée dix mille francs à l'Hôtel Drouot[6]… Qu'est-ce que je dis ? Dix mille francs, douze mille, n'est-ce pas, Alfred ? Oh ! je l'ai grondé, mais pas longtemps ; moi-même j'adore fureter[7], bibeloter[8], c'est ma passion.

Kampf sonna :

— Vous prendrez bien un verre de porto[9], n'est-ce pas, mesdames ? Apportez, dit-il à Georges qui entrait, trois verres de porto Sandeman et des sandwiches, des sandwiches au caviar…

Comme Mlle Isabelle s'était éloignée et examinait, à travers son face-à-main, un Bouddha doré sur un coussin de velours, Mme Kampf souffla rapidement :

— Des sandwiches, mais tu es fou, tu ne vas pas me faire déranger toute ma table pour elle ! Georges, vous apporterez

1 ravissant/e *adj.*: entzückend, bezaubernd
2 la potiche: petit vase en porcelaine
3 le toc: Kitsch
4 gai/e *adj.*: fröhlich
5 Louis XV: *ici* des meubles du style Louis XV (1710–1774)
6 Hôtel Drouot: salle de ventes à Paris
7 fureter: stöbern, rumschnüffeln
8 bibeloter: acheter des bibelots (le bibelot: Nippesfigur)
9 le porto: Portwein

des gâteaux secs dans la corbeille de Saxe[1], dans la corbeille de Saxe, vous m'entendez bien ?

— Oui, Madame.

Il revint au bout d'un instant avec le plateau[2] et le carafon de Baccarat[3]. Les trois burent en silence. Puis Mme Kampf et Mlle Isabelle s'assirent sur le canapé derrière lequel Antoinette se cachait. Elle aurait pu toucher, en avançant la main, les souliers d'argent de sa mère et les escarpins[4] de satin jaune de son professeur. Kampf marchait de long en large avec de furtifs regards à la pendule.

— Et dites-moi un peu qui nous verrons ce soir ? demanda Mlle Isabelle.

— Oh ! fit Rosine, quelques personnes charmantes, quelques vieilles barbes[5] aussi, comme la vieille marquise de San Palacio, à qui je dois rendre sa politesse[6] ; mais elle aime tellement à venir ici... Je l'ai vue hier, elle devait partir ; elle m'a dit : « Ma chère, j'ai retardé de huit jours mon départ pour le Midi à cause de votre soirée : on s'amuse tant chez vous... »

— Ah ! vous avez déjà donné des bals ? questionna Mlle Isabelle en pinçant les lèvres.

— Non, non, se hâta de dire Mme Kampf, des thés simplement ; je ne vous avais pas invitée parce que je sais que vous êtes tellement occupée dans la journée...

— Oui, en effet ; d'ailleurs, je pense assez à donner des concerts l'an prochain...

— Vraiment ? Mais c'est une excellente idée !

Elles se turent. Mlle Isabelle examina encore une fois les murs de la pièce.

1 la corbeille de Saxe: Körbchen aus Meißner Porzellan
2 le plateau: Tablett
3 le carafon de Baccarat: Karaffe aus Baccarat (Glasmanufaktur)
4 l'escarpin *m.*: Pumps
5 la vieille barbe: *fam.* (vieille) personne ennuyeuse (la barbe: Bart)
6 la politesse: Höflichkeit

— C'est charmant, tout à fait charmant, un goût…

De nouveau, ce fut le silence. Les deux femmes toussotèrent[1]. Rosine lissa[2] ses cheveux. Mlle Isabelle arrangea minutieusement sa jupe.

— Quel beau temps nous avons eu ces jours-ci, n'est-ce pas ?

Kampf, brusquement, intervint :

— Allons, nous n'allons pas rester comme ça, les bras croisés ? Comme les gens viennent tard, tout de même ! Vous avez bien mis dix heures sur vos cartes, n'est-ce pas, Rosine ?

— Je vois que je suis fort en avance.

— Mais non, ma chère, qu'est-ce que vous dites ? C'est une terrible habitude d'arriver si tard, c'est déplorable[3]…

— Je propose un tour de danse, dit Kampf en frappant dans ses mains avec enjouement[4].

— Mais naturellement, mais c'est une très bonne idée ! Vous pouvez commencer à jouer, cria Mme Kampf du côté de l'orchestre : un charleston[5].

— Vous dansez le charleston, Isabelle ?

— Mais oui, un petit peu, comme tout le monde…

— Eh bien, vous ne manquerez[6] pas de danseurs. Le marquis de Itcharra, par exemple, un neveu de l'ambassadeur d'Espagne, il prend tous les prix à Deauville, n'est-ce pas, Rosine ? En attendant, ouvrons le bal.

Ils s'éloignèrent, et l'orchestre mugit[7] dans le salon désert. Antoinette vit que Mme Kampf se levait, courait à la

1 toussoter: hüsteln (tousser: husten)
2 lisser: glatt streichen, glätten
3 déplorable *m./f. adj.*: bedauerlich
4 l'enjouement *m.*: Heiterkeit
5 le charleston: danse américaine à la mode dans les années 1920
6 manquer de qc: Mangel an etw. haben, etw. nicht haben
7 mugir: *ici* jouer

fenêtre et collait – elle aussi, pensa Antoinette, – son visage aux vitres froides. La pendule sonna dix heures et demie.

— Mon Dieu, mon Dieu, mais qu'est-ce qu'ils font ? chuchota Mme Kampf avec agitation : que le diable emporte[1] cette vieille folle, ajouta-t-elle presque à voix haute, et, tout aussitôt, elle applaudit et cria en riant :

— Ah ! charmant, charmant ; je ne savais pas que vous dansiez comme cela, Isabelle.

— Mais elle danse comme Joséphine Baker[2], répondit Kampf à l'autre bout du salon.

La danse terminée, Kampf appela :

— Rosine, je vais conduire[3] Isabelle au bar, ne soyez pas jalouse.

— Mais vous-même, vous ne nous accompagnez pas, ma chère ?

— Un instant si vous permettez, quelques ordres à donner aux domestiques et je vous rejoins[4]…

— Je vais flirter toute la soirée avec Isabelle, je vous préviens[5], Rosine.

Mme Kampf eut la force de rire et de les menacer du doigt ; mais elle ne prononça[6] pas une parole, et, dès qu'elle fut seule, elle se jeta de nouveau contre la fenêtre. On entendait les autos qui remontaient l'avenue ; quelques-unes ralentissaient[7] devant la maison ; alors, Mme Kampf se penchait[8] et dévorait des yeux la rue noire d'hiver, mais les autos s'éloignaient, le bruit du moteur s'affaiblissait[9],

1 emporter: emmener
2 Joséphine Baker: chanteuse et danseuse noire américaine
3 conduire: *ici* mener
4 rejoindre qn: zu jdm. (zurück)gehen
5 prévenir qn: jdn. benachrichtigen, warnen
6 prononcer: dire
7 ralentir: aller plus lentement
8 se pencher (par la fenêtre): hinauslehnen
9 s'affaiblir: schwächer werden

se perdait dans l'ombre. A mesure que[1] l'heure avançait, d'ailleurs, les autos se faisaient de plus en plus rares, et de longues minutes on n'entendait pas un son sur l'avenue déserte comme en province ; seulement le bruit du tramway dans la rue voisine, et des coups de klaxon[2] lointains[3], adoucis[4], allégés par la distance…

Rosine claquait des mâchoires[5], comme prise de fièvre. Onze heures moins le quart. Onze heures moins dix. Dans le salon vide, une pendulette sonnait à petits coups pressés, au timbre argentin[6], vif et clair ; celle de la salle à manger répondait, insistait, et, de l'autre côté de la rue, une grande horloge au fronton[7] d'une église, battait lentement et gravement, de plus en plus fort à mesure que passaient les heures.

— … Neuf, dix, onze, cria Mme Kampf avec désespoir en levant au ciel ses bras pleins de diamants ; mais qu'est-ce qu'il y a ? Mais qu'est-ce qui est arrivé, mon doux Jésus ?

Alfred rentrait avec Isabelle ; ils se regardèrent tous les trois sans parler.

Mme Kampf rit nerveusement :

— C'est un peu étrange, n'est-il pas vrai ? Pourvu qu'il[8] ne soit rien arrivé…

— Oh ! ma chère petite, à moins d'un tremblement de terre, dit Mlle Isabelle d'un ton de triomphe.

Mais Mme Kampf ne se rendait[9] pas encore. Elle dit, en jouant avec ses perles, mais la voix enrouée d'angoisse[10] :

1 à mesure que: in dem Maße wie
2 le klaxon: Hupe
3 lointain/e *adj.*: qui est loin
4 adoucir: mildern
5 claquer des mâchoires *f.pl.*: claquer des dents *f.pl.*
6 argentin/e *adj.*: silberhell
7 le fronton: Giebeldreieck
8 pourvu que *conj.* (+ *subj.*): vorausgesetzt, dass… ; hoffentlich
9 se rendre: aufgeben
10 l'angoisse *f.*: une peur très grande

— Oh ! ça ne veut rien dire ; figurez[1]-vous l'autre jour, j'étais chez mon amie, la comtesse de Brunelleschi : les premiers invités ont commencé à venir à minuit moins le quart. Ainsi…

— C'est bien ennuyeux pour la maîtresse de maison, bien énervant, murmura Mlle Isabelle avec douceur.

— Oh ! c'est… c'est une habitude à prendre, n'est-ce pas ?

A cet instant, un coup de sonnette retentit. Alfred et Rosine se ruèrent[2] vers la porte.

— Jouez, cria Rosine aux musiciens.

Ils attaquèrent[3] un blues avec vigueur[4]. Personne ne venait. Rosine n'y put tenir davantage. Elle appela :

— Georges, Georges, on a sonné, vous n'avez pas entendu ?

— Ce sont les glaces qu'on apporte de chez Rey.

Mme Kampf éclata :

— Mais je vous dis qu'il est arrivé quelque chose, un accident, un malentendu[5], une erreur de date, d'heure, je ne sais pas, moi ! Onze heures dix, il est onze heures dix, répéta-t-elle avec désespoir[6].

— Onze heures dix déjà ? s'exclama Mlle Isabelle ; mais parfaitement, mais vous avez raison, le temps passe vite chez vous, mes compliments… Il est même le quart, je crois, vous l'entendez qui sonne ?

— Eh bien, on ne va pas tarder à venir maintenant ! dit Kampf d'une voix forte.

1 se figurer: s'imaginer
2 se ruer: sich stürzen
3 attaquer: *hier* anstimmen
4 la vigueur: la force
5 le malentendu: Missverständnis
6 le désespoir: ≠ l'espoir *m.*

De nouveau, ils s'assirent tous les trois ; mais ils ne parlaient plus. On entendait les domestiques qui riaient aux éclats[1] dans l'office.

— Va les faire taire, Alfred, dit enfin Rosine d'une voix tremblante de fureur : va !

A onze heures et demie, la pianiste parut.

— Est-ce qu'il faut attendre plus longtemps, madame ?

— Non, allez-vous-en[2], allez-vous-en tous ! cria brusquement Rosine, qui semblait prête à se rouler dans une crise de nerfs[3] : on va vous payer, et allez-vous-en ! Il n'y aura pas de bal, il n'y aura rien : c'est un affront[4], une insulte[5], un coup monté[6] par des ennemis pour nous ridiculiser[7], pour me faire mourir ! Si quelqu'un vient maintenant, je ne veux pas le voir, vous entendez ? continua-t-elle avec une violence croissante[8] : vous direz que je suis partie, qu'il y a un malade dans la maison, un mort, ce que vous voudrez !

Mlle Isabelle s'empressa[9] :

— Voyons, ma chère, tout espoir n'est pas perdu. Ne vous tourmentez[10] pas ainsi, vous vous rendrez malade... Naturellement, je comprends ce que vous devez éprouver[11], ma chère, ma pauvre amie : mais le monde est si méchant,

1 rire aux éclats: schallend lachen
2 allez-vous-en: gehen Sie!, raus! (va-t-en: geh!, verschwinde!)
3 la crise de nerfs: Nervenkrise
4 l'affront *m.*: Beleidigung, Affront
5 l'insulte *f.*: Beleidigung, Beschimpfung
6 le coup monté: abgekartete Sache
7 ridiculiser: rendre ridicule
8 croissant/e *adj.*: devenir plus grand
9 s'empresser: sich beeilen etw. zu tun
10 se tourmenter: se faire du souci
11 éprouver: sentir

hélas ![1]... Vous devriez lui dire quelque chose, Alfred, la dorloter[2], la consoler...

— Quelle comédie ! siffla Kampf entre ses dents serrées, la figure blêmie : allez-vous vous taire à la fin ?

— Voyons, Alfred, ne criez pas, câlinez[3]-la au contraire...

— Eh ! s'il lui plaît de se rendre ridicule !

Il tourna brusquement les talons et interpella les musiciens :

— Qu'est-ce que vous faites encore là, vous ? Combien est-ce qu'on vous doit ? Et filez immédiatement, nom de Dieu...

Mlle Isabelle ramassa lentement son boa de plumes, son face-à-main, son sac.

— Il conviendrait mieux que je me retire[4], Alfred, à moins que je ne puisse vous être utile en quoi que ce soit, mon pauvre ami...

Comme il ne répondait rien, elle se pencha, baisa[5] le front de Rosine immobile, qui ne pleurait même pas, et demeurait les yeux fixes et secs :

— Adieu, ma chérie, croyez bien que je suis désespérée, que je prends la plus grande part[6], chuchota-t-elle, machinalement, comme au cimetière : non, non, ne me reconduisez pas, Alfred, je m'en vais, je pars, je suis partie, pleurez tout à votre aise[7], ma pauvre amie, ça soulage[8], jeta-t-elle encore une fois de toutes ses forces au milieu du salon désert.

1 hélas!: ach! leider!
2 dorloter qn: jdn. (ver)hätscheln
3 câliner qn: jdn. streicheln
4 se retirer: s'en aller, rentrer
5 baiser: küssen
6 prendre part: Anteil nehmen, Mitleid haben
7 à votre aise: wie es Ihnen beliebt
8 soulager: erleichtern

Alfred et Rosine l'entendirent, tandis qu'elle traversait la salle à manger, dire aux domestiques :

— Surtout, ne faites pas de bruit ; Madame est très énervée, très éprouvée.

Et, enfin, le bourdonnement de l'ascenseur et le choc sourd[1] de la porte cochère ouverte et refermée.

— Vieux chameau[2], murmura Kampf : si, au moins...

Il n'acheva[3] pas. Rosine, brusquement dressée[4], la figure ruisselante de larmes[5], lui montrait le poing en criant :

— C'est toi, imbécile, c'est ta faute, c'est ta sale vanité, ton orgueil[6] de paon[7], c'est à cause de toi !... Monsieur veut donner des bals ! Recevoir ! Non, c'est à mourir de rire ! Ma parole, tu crois que les gens ne savent pas qui tu es, d'où tu sors ! Nouveau riche ! Ils se sont bien foutus de toi, hein, tes amis, tes beaux amis, des voleurs[8], des escrocs[9] !

— Et les tiens, tes comtes, tes marquis, tes maquereaux[10] !

Ils continuèrent à crier ensemble, un flot de paroles emportées, violentes, qui coulaient[11] comme un torrent[12]. Puis Kampf, les dents serrées, dit plus bas :

— Quand je t'ai ramassée[13], tu avais traîné, Dieu sait où, déjà ! Tu crois que je ne sais rien, que je n'avais rien vu ! Moi, je pensais que tu étais jolie, intelligente, que si je

1 le choc sourd: dumpfer Schlag
2 le chameau: Kamel
3 achever: terminer
4 dressé/e *adj.*: aufgerichtet
5 ruisselant/e *adj.* de larmes *f.pl.*: tränenüberströmt
6 l'orgueil *m.*: Stolz
7 le paon: Pfau
8 le/la voleur/-euse: qn qui vole qc
9 l'escroc *m./f.*: Gauner/in
10 le maquereau: Zuhälter
11 couler: fließen
12 le torrent: Sturzbach
13 ramasser qc: etw. aufheben

devenais riche, tu me ferais honneur… Je suis bien tombé[1], il n'y a pas à dire, c'est une bonne affaire, des manières de poissarde[2], une vieille femme avec des manières de cuisinière…

— D'autres s'en sont contentés[3]…

— Je m'en doute[4]. Mais ne me donne pas de détails. Demain, tu le regretterais…

— Demain ? Et tu crois que je resterai une heure encore avec toi après tout ce que tu m'as dit ? Brute[5] !

— Va-t'en ! Va au diable !

Il partit en claquant les portes.

Rosine appela :

— Alfred, reviens !

Et elle attendit, la tête tournée vers le salon, haletante[6], mais il était loin déjà… Il descendait l'escalier. Dans la rue, sa voix furieuse cria quelque temps : « Taxi, taxi… » puis s'éloigna, cassa au coin d'une rue.

Les domestiques étaient montés, laissant partout les lumières qui brûlaient, les portes battantes… Rosine demeurait sans bouger, dans sa robe brillante et ses perles, écroulée[7] au creux d'un fauteuil.

Brusquement, elle eut un mouvement emporté, si vif et si soudain qu'Antoinette tressaillit, et, en reculant, heurta du front le mur. Elle se tapit davantage, tremblante ; mais sa mère n'avait rien entendu. Elle arrachait[8] ses bracelets l'un après l'autre, les jetait à terre. L'un d'eux, beau et lourd, tout orné de diamants énormes, roula sous le canapé, aux

1 être bien tombé/e: es gut getroffen haben
2 la poissarde: ordinäres Weib
3 se contenter de qc/qn: être content/e de qc/qn
4 se douter de qc: sich etw. denken können
5 la brute: *fam.* Rohling, Bestie
6 haletant/e *adj.*: keuchend, schnaufend
7 écrouler: zusammenbrechen, sich fallen lassen
8 arracher: abreißen, wegreißen

pieds d'Antoinette. Antoinette, comme clouée[1] à sa place, regardait.

Elle vit le visage de sa mère où les larmes coulaient, se mêlant au fard, un visage plissé[2], grimaçant, empourpré, enfantin[3], comique… touchant… Mais Antoinette n'était pas touchée ; elle ne ressentait rien d'autre qu'une sorte de dédain[4], d'indifférence méprisante[5]. Plus tard, elle dirait à un homme : « Oh, j'étais une petite fille terrible, vous savez ? Figurez-vous qu'une fois… » Brusquement, elle se sentit riche de tout son avenir, de toutes ses jeunes forces intactes et de pouvoir penser : « Comment peut-on pleurer ainsi, à cause de ça… Et l'amour ? Et la mort ? Elle mourra un jour… l'a-t-elle oublié ? »

Les grandes personnes souffraient donc, elles aussi, pour ces choses futiles[6] et passagères[7] ? Et elle, Antoinette, elle les avait craints, elle avait tremblé devant eux, leurs cris, leurs colères, leurs vaines[8] et absurdes menaces… Doucement, elle se glissa hors de sa cachette. Un moment encore, dissimulée dans l'ombre, elle regarda sa mère qui ne sanglotait pas, mais demeurait toute ramassée sur elle-même, les larmes coulant jusqu'à sa bouche sans qu'elle les essuyât[9]. Puis elle se dressa, s'approcha.

— Maman.

Mme Kampf sauta[10] brusquement sur sa chaise.

— Qu'est-ce que tu veux, qu'est-ce que tu fais ici ? cria-t-elle nerveusement : va-t'en, va-t'en, tout de suite ! fiche-moi

1 cloué/e *adj.*: angenagelt
2 plissé/e *adj.*: faltig
3 enfantin/e *adj.*: comme un enfant
4 le dédain: Verachtung
5 méprisant/e *adj.*: verächtlich, geringschätzig
6 futile *m./f. adj.*: ≠ important/e *adj.*
7 passager/-ère *adj.*: vergänglich
8 vain/e *adj.*: nichtig
9 essuyer: auswischen, wegwischen
10 sauter: springen

la paix[1] ! Je ne peux pas être une minute tranquille dans ma propre maison à présent !

Antoinette, un peu pâle, ne bougeait pas, la tête baissée. Ces éclats de voix sonnaient à ses oreilles, faibles et privés[2] de leur puissance, comme un tonnerre[3] de théâtre. Un jour, bientôt, elle dirait à un homme : « Maman va crier, mais tant pis[4]… »

Elle avança doucement la main, la posa sur les cheveux de sa mère, les caressa avec des doigts légers, un peu tremblants.

— Ma pauvre maman, va…

Un instant encore, Rosine, machinalement, se débattit[5], la repoussa[6], secoua[7] sa figure convulsée[8] :

— Laisse-moi, va-t'en… laisse, je te dis…

Et puis une expression faible, vaincue, pitoyable, passa sur ses traits[9] :

— Ah ! ma pauvre fille, ma pauvre petite Antoinette ; tu es bien heureuse, toi ; tu ne sais pas encore comme le monde est injuste[10], méchant, sournois[11]… ces gens qui me faisaient des sourires, qui m'invitaient, ils riaient de moi derrière mon dos, ils me méprisaient, parce que je n'étais pas de leur monde, des tas de chameaux, de… mais tu ne peux pas comprendre, ma pauvre fille ! Et ton père !… Ah ! tiens, je n'ai que toi !… acheva-t-elle tout à coup, je n'ai que toi, ma pauvre petite fille…

1 fiche-moi la paix!: *fam.* lass mich in Ruhe!
2 privé/e (de) *adj.*: ohne
3 le tonnerre: Donner
4 tant pis: *ici* cela n'a pas d'importance pour moi
5 se débattre: sich wehren
6 repousser qn: jdn. zurückstoßen
7 secouer: schütteln
8 convulsé/e *adj.*: verkrampft, verzerrt
9 le trait: (Gesichts)Zug
10 injuste *m./f. adj.*: ≠ juste *m./f. adj.*, → la justice
11 sournois/e *adj.*: hinterhältig, heimtückisch

Elle la saisit dans ses bras. Comme elle collait contre ses perles le petit visage muet[1], elle ne le vit pas sourire. Elle dit :

— Tu es une bonne fille, Antoinette…

C'était la seconde, l'éclair insaisissable[2] où « sur le chemin de la vie » elles se croisaient[3], et l'une allait monter, et l'autre s'enfoncer dans l'ombre. Mais elles ne le savaient pas. Cependant Antoinette répéta doucement :

— Ma pauvre maman…

Paris, 1928.

1 muet/te *adj.*: qui ne parle pas
2 insaisissable *m./f. adj.*: kaum wahrnehmbar
3 croiser qn: jdm. begegnen, sich kreuzen

Sujets d'étude

1. Résumez la fin de l'histoire.
2. Combien de temps passe entre le dîner d'Antoinette et la fin de la soirée? Relevez les indications du temps et notez ce qui se passe.
3. Analysez les techniques narratives utilisées dans ce chapitre (structure de l'action, perspective narrative, temps et lieu, langage).
4. Analysez la conversation entre Isabelle et Rosine. Notez les sujets et montrez qu'il y a une différence entre ce qu'elles disent et ce qu'elles pensent.
5. Comparez ce que dit Isabelle dans ce chapitre (p. 70, l. 19–22 et p. 71, l. 14–26) avec ce qu'elle pense lors de sa leçon de piano (cf. chap. IV) et rédigez le récit qu'elle fait à une cousine le soir.
6. Relisez le texte à partir de la p. 74, l. 3. Imaginez une Antoinette différente et écrivez un autre dénouement du roman.
7. Relisez p. 73, l. 12–17 et p. 76, l. 5–7. Imaginez et exposez brièvement l'avenir des trois Kampf.

Annexe

Guy de Maupassant

La parure

C'était une de ces jolies et charmantes filles, nées, comme par une erreur du destin, dans une famille d'employés. Elle n'avait pas de dot[1], pas d'espérances, aucun moyen d'être connue, comprise, aimée, épousée par un homme riche et distingué ; et elle se laissa marier avec un petit commis[2] du ministère de l'instruction publique.

Elle fut simple ne pouvant être parée[3], mais malheureuse comme une déclassée; car les femmes n'ont point de caste ni de race, leur beauté, leur grâce et leur charme leur servant de naissance et de famille. Leur finesse native[4], leur instinct d'élégance, leur souplesse d'esprit[5], sont leur seule hiérarchie, et font des filles du peuple les égales des plus grandes dames.

Elle souffrait sans cesse, se sentant née pour toutes les délicatesses et tous les luxes. Elle souffrait de la pauvreté de son logement, de la misère des murs, de l'usure[6] des sièges, de la laideur des étoffes. Toutes ces choses, dont une autre femme de sa caste ne se serait même pas aperçue, la torturaient[7] et l'indignaient[8]. La vue de la petite Bretonne qui faisait son humble[9] ménage éveillait en elle des regrets

1 la dot: Mitgift
2 le commis: Angestellte/r
3 paré/e *adj.*: (hübsch) herausgeputzt
4 la finesse native: angeborene Feinheit
5 la souplesse d'esprit: geistige Wendigkeit
6 l'usure *f.*: Abnutzung, Verschleiß
7 torturer: quälen
8 indigner: empören
9 humble *m./f. adj.*: bescheiden

désolés et des rêves éperdus[1]. Elle songeait aux antichambres muettes, capitonnées[2] avec des tentures[3] orientales, éclairées par de hautes torchères[4] de bronze, et aux deux grands valets[5] en culotte courte qui dorment dans les larges fauteuils, assoupis par la chaleur lourde du calorifère[6]. Elle songeait aux grands salons vêtus de soie ancienne, aux meubles fins portant des bibelots inestimables, et aux petits salons coquets, parfumés, faits pour la causerie de cinq heures avec les amis les plus intimes, les hommes connus et cherchés dont toutes les femmes envient et désirent l'attention.

Quand elle s'asseyait, pour dîner, devant la table ronde couverte d'une nappe[7] de trois jours, en face de son mari qui découvrait la soupière en déclarant d'un air enchanté : « Ah ! le bon pot-au-feu[8] ! je ne sais rien de meilleur que cela... » elle songeait aux dîners fins, aux argenteries reluisantes[9], aux tapisseries peuplant les murailles de personnages anciens et d'oiseaux étranges au milieu d'une forêt de féerie; elle songeait aux plats exquis servis en des vaisselles merveilleuses, aux galanteries chuchotées et écoutées avec un sourire de sphinx, tout en mangeant la chair rose d'une truite ou des ailes de gélinotte[10].

1 éperdu/e *adj.*: verzweifelt
2 capitonné/e *adj.*: gepolstert
3 la tenture: Wandteppich
4 la torchère: Kerzenständer, Leuchter
5 le valet: Diener
6 le calorifère: le chauffage
7 la nappe: Tischdecke
8 le pot-au-feu: Eintopf
9 une argenterie reluisante: glänzendes Silberbesteck
10 la gélinotte: Haselhuhn (eine Art Rebhuhn)

Elle n'avait pas de toilettes, pas de bijoux, rien. Et elle n'aimait que cela; elle se sentait faite pour cela. Elle eût tant désiré plaire, être enviée, être séduisante[1] et recherchée[2].

Elle avait une amie riche, une camarade de couvent[3] qu'elle ne voulait plus aller voir, tant elle souffrait en revenant. Et elle pleurait pendant des jours entiers, de chagrin, de regret, de désespoir et de détresse…

Guy de Maupassant: La parure. *Dans:* Contes et nouvelles. *Paris, Gallimard, 1974, p. 1198–1199*

Sujets d'étude

1. Exposez en quoi consiste le malheur de Madame Loisel, la protagoniste de ce conte.
2. Comparez ses rêves avec ceux de Rosine (cf. chap. V).
3. Commentez les parallèles de cette description et de la description de la vie des Kampf avant et après le coup de bourse (cf. chap. I).

1 seduisant/e *adj.*: verführerisch
2 recherché/e *adj.*: begehrt
3 le couvent: Kloster

Nathalie Sarraute
Enfance

…La ville où nous nous rendons porte le nom de Kamenetz-Podolsk. Nous y passerons l'été chez mon oncle Gricha Chatounovski, celui des frères de maman qui est avocat.

Ce vers quoi nous allons, ce qui m'attend là-bas, possède toutes les qualités qui font de « beaux souvenirs d'enfance »… de ceux que leurs possesseurs exhibent[1] d'ordinaire avec une certaine nuance de fierté. Et comment ne pas s'enorgueillir[2] d'avoir eu des parents qui ont pris soin de[3] fabriquer pour vous, de vous préparer de ces souvenirs en tout point conformes aux modèles les plus appréciés[4], les mieux cotés[5] ? J'avoue que j'hésite[6] un peu…

— Ça se comprend… une beauté si conforme aux modèles… Mais après tout, pour une fois que tu as cette chance de posséder, toi aussi, de ces souvenirs, laisse-toi aller un peu, tant pis, c'est si tentant…

— Mais ils n'étaient pas faits pour moi, ils m'étaient juste prêtés, je n'ai pu en goûter que des parcelles[7]…

— C'est peut-être ce qui les a rendus plus intenses… Pas d'affadissement[8] possible. Aucune accoutumance[9]…

1 exhiber: montrer
2 s'enorgueillir de qc: auf etw. stolz sein
3 prendre soin de qn/qc: faire attention à qn/qc
4 apprécié/e *adj.*: geschätzt
5 être bien coté/e: viel Wert sein
6 hésiter: zögern
7 la parcelle: la partie
8 l'affadissement *m.*: Abschwächung
9 l'accoutumance *f.*: Gewöhnung

— Oh pour ça non. Tout a conservé son exquise perfection : la vaste[1] maison familiale pleine de recoins[2], de petits escaliers... la « salle », comme on les appelait dans les maisons de la vieille Russie, avec un grand piano à queue[3], des glaces[4] partout, des parquets luisants[5], et tout le long des murs des chaises couvertes de housses[6] blanches... La longue table de la salle à manger où à chacun des bouts sont assis, se faisant face, se parlant de loin, se souriant, le père et la mère, entre leurs quatre enfants, deux garçons et deux filles... Après le dessert, quand ma tante a donné aux enfants la permission de sortir de table, ils s'approchent de leurs parents pour les remercier, ils leur baisent la main et ils reçoivent sur la tête, sur la joue un baiser... J'aime prendre part aussi à cette amusante cérémonie...

Nathalie Sarraute: Enfance. *Paris, Gallimard, 1983, p. 31–32*

Sujets d'étude

1. Montrez comment la narratrice arrive à préserver la distance en racontant ses beaux souvenirs d'enfance.
2. Comparez ces souvenirs avec l'atmosphère qui règne dans la maison des Kampf.

1 vaste *m./f. adj.*: weit, weitläufig, groß
2 le recoin: Winkel
3 le piano à queue: *mus.* Flügel
4 la glace: Spiegel
5 luisant/e *adj.*: leuchtend, strahlend
6 la housse: Überzug

Hervé Bazin

Vipère au poing

Jean, le narrateur, surnommé Brasse-Bouillon, et ses deux frères (« Chiffe » et Marcel) sont élevés par leur grand-mère. Après sa mort, leur mère revient et impose une main de fer : elle est brutale et très sévère. Rapidement les enfants la surnomment « Folcoche » (contraction de la folle[1] *et la cochonne*[2]*) et tentent de lui résister. Dans cet extrait Jean la regarde plein de haine et se venge dans ce monologue intérieur de toutes ses vexations*[3]*.*

...« Non ma mère, il n'y a plus qu'un seul verbe qui compte ici, et nous le déclinons correctement à tous les temps. Je te hais, tu me hais, il la haïssait, nous nous haïrons, vous vous étiez haïs, ils se haïrent ! [...] Tu dis toujours :

'Je n'aime pas les regards faux.' Regardez-moi dans les yeux. Je saurai ce que vous pensez. Ainsi tu t'es toi-même prêtée à notre jeu[4]. Tu ne pouvais pas ne plus t'y prêter. Et puis, ça ne te déplaît pas, ma tendre mère ! Au dîner, en silence, voilà le bon moment. Rien à dire. Tu ne me prendras pas en défaut[5]. J'ai les mains sur la table. Mon dos n'offense[6] pas la chaise. Je suis terriblement correct. Aucune faille[7] légale dans mon attitude. Je peux te regarder fixement. Folcoche, c'est mon droit. Je te fixe donc, je te fixe

1 fou/folle *adj.*: verrückt
2 la cochonne: *fam. péj.* Drecksau
3 la vexation: l'humiliation *f.*
4 se prêter à qc: participer
5 prendre qn en défaut: jdn. (bei einem Fehler) ertappen
6 offenser: *ici* toucher
7 la faille: la faute

éperdument. Je ne fais que cela de te fixer. Et je te parle en moi. Je te parle et tu ne m'entends pas. Je te dis :

« Folcoche ! regarde-moi donc, Folcoche, je te cause[1] ! » Alors ton regard se lève de dessus tes nouilles[2] à l'eau, ton regard se lève comme une vipère et se balance, indécis, cherchant l'endroit faible qui n'existe pas. Non, tu ne mordras pas, Folcoche ! Les vipères, ça me connaît. Je m'en fous, des vipères. [...] Mais ton regard est entré dans le mien et ton jeu est entré dans mon jeu. Toujours en silence, toujours infiniment correct comme il convient, je te provoque avec une grande satisfaction. Je te cause, Folcoche, m'entends-tu ? Oui, tu m'entends. Alors je vais te dire : « T'es moche[3] ! Tu as les cheveux secs, le menton mal foutu[4], les oreilles trop grandes. T'es moche, ma mère. Et si tu savais comme je ne t'aime pas ! [...] Moi, je ne t'aime pas. Je pourrais te dire que je te hais, mais ce serait moins fort. Oh ! tu peux durcir[5] ton vert de prunelle[6], ton vert-de-gris de poison de regard[7]. Moi, je ne baisserai pas les yeux. D'abord, parce que Chiffe me regarde avec admiration, lui qui sait que je tente[8] de battre le record de sept minutes vingt-trois secondes que j'ai établi l'autre jour et qu'il est en train de contrôler sans en avoir l'air sur la montre-bracelet de ton propre poignet[9]. »...

Hervé Bazin: Vipère au poing. *Paris, Grasset, 1948, p. 78–79*

1 causer: parler
2 la nouille: Nudel
3 moche *m./f. adj.*: *fam.* laid/e *adj.*
4 mal foutu/e *adj.*: *vulg.* laid/e *adj.*
5 durcir: verhärten
6 la prunelle: Pupille
7 ton vert-de-gris de poison de regard: *etwa* dein graugrüner Giftblick
8 tenter: essayer
9 le poignet: Handgelenk

Sujets d'étude

1. Jean qui a toujours été réprimandé par sa mère trouve dans cet extrait une possibilité de se venger. Commentez cette vengeance envers sa mère.
2. Expliquez ce que veut dire « … ton regard est entré dans le mien et ton jeu est entré dans mon jeu. ».
3. Inventez un monologue intérieur de la mère qui sent que son fils la contemple.
4. Comparez Jean, le protagoniste de ce roman, avec Antoinette Kampf.